初版限定《しょはんげんてい》！
アニメ
「探偵《たんてい》チームKZ《カッズ》事件《じけん》ノート」
オリジナルシール
探偵チーム
KZ
カッズ
事件ノート
KZ
カッズ
KZ
カッズ

消《き》えた自転車《じてんしゃ》は
知《し》っている

卵《たまご》ハンバーグは
知《し》っている

裏庭《うらにわ》は
知《し》っている

バレンタインは
知《し》っている

講談社
探偵チームKZ《カッズ》事件ノート
完全ノベライズ版
アニメ全4作16話
原作／藤本ひとみ・住滝 良
脚本／山田由香・ふでやすかずゆき・市川量也
文／田浦智美

目次《もくじ》

声優《せいゆう》インタビュー

インタビュー

アニメで大活躍《だいかつやく》の声優《せいゆう》さんにききました

彩《あや》を演《えん》じることが決《き》まったときの感《かん》想《そう》を教《おし》えてください。

すごく嬉《うれ》しくて、本屋《ほんや》さんに青《あお》い鳥《とり》文庫《ぶんこ》の原作《げんさく》を買《か》いに行《い》きました。子《こ》ども向《む》けの小説《しょうせつ》が原作《げんさく》のアニメに出《だ》させていただくのは初《はじ》めてだったので、「どうやって作品《さくひん》にアプローチしていこう」と緊張《きんちょう》しました。一方《いっぽう》で、彩《あや》ちゃんと一緒《いっしょ》に成長《せいちょう》していけたらいいなと、ウキウキ、ドキドキもしました。

彩《あや》を演《えん》じるときに気《き》をつけていることはありますか？　また、ふだん心《こころ》がけていることはありますか？

彩《あや》が抱《かか》えている悩《なや》みやコンプレックスは、大人《おとな》の私《わたし》たちでも抱《かか》えている問《もん》題《だい》だと思《おも》っています。なので、心《こころ》の揺《ゆ》れ動《うご》きや成長《せいちょう》の様子《ようす》など、彩《あや》のすべてに等身大《とうしんだい》に向《む》き合《あ》っていこうと心《こころ》がけています。また声優《せいゆう》は声《こえ》が大切《たいせつ》なので、マスクをするなど、のどのケアは欠《か》かさないようにしています。

立花《たちばな》彩《あや》役《やく》

巽《たつみ》 悠《ゆ》衣《い》子《こ》さん

彩《あや》ちゃんと一緒《いっしょ》に成長《せいちょう》していけたらいいな

大阪府《おおさかふ》出身《しゅっしん》。主《おも》な出演作品《しゅつえんさくひん》に、『kiss《キス》×sis《シス》』の住之江《すみのえ》りこ役《やく》、『幻影《げんえい》ヲ駆《か》ケル太陽《たいよう》』の白金《しろかね》ぎんか役《やく》、『魔法科高校《まほうかこうこう》の劣等生《れっとうせい》』の北山雫役《きたやましずくやく》などがある。

なぜ声優《せいゆう》になろうと思《おも》ったのですか？

アニメは小《ちい》さいときから好《す》きだったのですが、声優《せいゆう》という職業《しょくぎょう》を意識《いしき》したのは高校生《こうこうせい》のときです。姉《あね》が声優《せいゆう》の養《よう》成所《せいじょ》に通《かよ》っていて、家《いえ》でその練習《れんしゅう》に付《つ》き合《あ》わされているうちに、声優《せいゆう》になりたいと思《おも》っていました。姉《あね》は別《べつ》の職業《しょくぎょう》に就《つ》いたので、姉《あね》の意志《いし》を受《う》け継《つ》いだ、というほどではないですが、縁《えん》があったのだなと思《おも》います。

誕生日《たんじょうび》――9月《がつ》17日《にち》
血液型《けつえきがた》――O型《オーがた》
星座《せいざ》――乙女座《おとめざ》
趣味《しゅみ》――美味《おい》しいものを食《た》べる！
休《やす》みの日《ひ》にしていること――ヨガや、ジム　たまに動物園《どうぶつえん》や水族館《すいぞくかん》などに行《い》く
影響《えいきょう》を受《う》けたアニメ、本《ほん》など――小《ちい》さい頃《ころ》は『美少女戦士《びしょうじょせんし》セーラームーン』や『あずきちゃん』『名探偵《めいたんてい》コナン』は大人《おとな》になった今《いま》でも
好《す》きな食《た》べもの――コロッケ、ポテト、アボカド、チーズなど

若武和臣《わかたけかずおみ》役《やく》

自分《じぶん》が出演《しゅつえん》した作品《さくひん》が誰《だれ》かの何《なに》かの前向《まえむ》きなきっかけになってくれれば……

斉藤壮馬《さいとうそうま》さん

山梨県出身《やまなしけんしゅっしん》。主《おも》な作品《さくひん》に『ハイキュー!!』の山口忠役《やまぐちただしやく》、『フューチャーカード バディファイト』の龍炎寺《りゅうえんじ》タスク役《やく》、『ハルチカ～ハルタとチカは青春《せいしゅん》する～』上条春太役《かみじょうはるたやく》など。

Q 出演《しゅつえん》が決《き》まって、『探偵《たんてい》チームKZ《カッズ》』という作品《さくひん》をどのように感《かん》じましたか?

子《こ》どものころから本《ほん》を読《よ》むのが好《す》きで、探偵《たんてい》ものもよく読《よ》んでいました。なので、僕《ぼく》が読《よ》んでいた本《ほん》のような、いろんな謎《なぞ》に挑《いど》んでいく『KZ《カッズ》』という作品《さくひん》に出演《しゅつえん》できることを、嬉《うれ》しく思《おも》いました。若武《わかたけ》は、個性的《こせいてき》でおもしろい男《おとこ》の子《こ》なので、自分《じぶん》に若武《わかたけ》のようなキャラクターを求《もと》められているということも嬉《うれ》しかったです。

Q 自分《じぶん》がいちばん似《に》ていると思《おも》うKZ《カッズ》のキャラクターは誰《だれ》ですか?

若武役《わかたけやく》をやっていますが、自分《じぶん》は若武《たけ》には全然似《ぜんぜんに》ていないです……。誰《だれ》に似《に》ているかといえば、彩《あや》ちゃんかなと思《おも》います。彩《あや》ちゃんの、心《こころ》の中《なか》で考《かんが》えているいろいろなことをなかなか言葉《ことば》にできないでいるところ、自分《じぶん》のことをどうやって人《ひと》に伝《つた》えればいいか悩《なや》んでいるところなど、僕《ぼく》にも経験《けいけん》があって共感《きょうかん》できます。

Q 声優《せいゆう》になったきっかけは何《なん》ですか?

中学《ちゅうがく》から高校《こうこう》のときは、いろいろなことで悩《なや》んだ時期《じき》でした。その頃《ころ》たくさんアニメを見《み》ていたのですが、こんな世界《せかい》があるんだと、気持《きも》ちが救《すく》われたことがありました。そのときに、自《じ》分《ぶん》も見《み》る側《がわ》ではなく作《つく》る側《がわ》になってみたい、と思《おも》ったのがきっかけです。今《いま》は、僕《ぼく》が出演《しゅつえん》した作品《さくひん》が、誰《だれ》かの何《なに》かの前向《まえむ》きなきっかけになってくれればいいなと思《おも》っています。

誕生日《たんじょうび》――4月《がつ》22日《にち》
血液型《けつえきがた》――B型《ビーがた》
星座《せいざ》――牡牛座《おうしざ》
趣味《しゅみ》――読書《どくしょ》、映画鑑賞《えいがかんしょう》、散歩《さんぽ》
休《やす》みの日《ひ》にしていること――ひとりでのんびり
影響《えいきょう》を受《う》けたアニメ、本《ほん》など――本《ほん》は『地獄堂霊界通信《じごくどうれいかいつうしん》』シリーズ、アニメは『学園戦記《がくえんせんき》ムリョウ』、『絶対少年《ぜったいしょうねん》』、『電脳《でんのう》コイル』など
好《す》きな食《た》べもの――からあげ、ラーメン

黒木貴和《くろきたかかず》役《やく》

アニメと演劇《えんげき》。二つを合体《がったい》させたら、声優《せいゆう》という仕事《しごと》がぴったりだった

寺島拓篤《てらしまたくま》さん

石川県出身《いしかわけんしゅっしん》。主《おも》な作品《さくひん》に『うたの☆プリンスさまっ♪マジLOVE《ラブ》1000%《パーセント》』一十木音也《いっときおとや》役《やく》、『ログ・ホライズン』シエロ役《やく》、『メカクシティアクターズ』シンタロー役《やく》などがある。

Q 黒木《くろき》を演《えん》じるにあたり、役作《やくづく》りとして気《き》をつけていることはありますか？

初《はじ》めは小学生役《しょうがくせいやく》ということで、「小《しょう》学生《がくせい》なんてできるかな」と、思《おも》っていました。けれど台本《だいほん》を読《よ》んで、黒木《くろき》は「対人関係《たいじんかんけい》のエキスパート」であり、どこか普通《ふつう》の小学生《しょうがくせい》とは違《ちが》う、大人《おとな》びた子《こ》だとわかったので、年齢《ねんれい》のことは意識《いしき》せずに、自然体《しぜんたい》に演《えん》じていこうと思《おも》いました。

Q なぜ声優《せいゆう》になろうと思《おも》ったのですか？

僕《ぼく》は小学校《しょうがっこう》のときから、とにかくアニメが大好《だいす》きで、アニメばかり見《み》ていました。そして高校《こうこう》のときには、演劇《えんげき》部《ぶ》に入《はい》って芝居《しばい》を始《はじ》めました。アニメが好《す》きで、演劇《えんげき》をやっている。この二つを合体《がったい》させたら、声優《せいゆう》という仕事《しごと》がぴったりだったので、自分《じぶん》に合《あ》う職業《しょくぎょう》は声優《せいゆう》しかない！　と思《おも》って声優《せいゆう》を目《め》指《ざ》しました。

Q 子《こ》ども時代《じだい》、どんなアニメを見《み》ていましたか。影響《えいきょう》を受《う》けたアニメはありますか？

田舎《いなか》で育《そだ》ったので、当時《とうじ》テレビでアニメはほとんどやっていませんでした。なので、NHK《エヌエイチケー》の、『天才《てんさい》てれびくん』はずっと見《み》ていました。『恐竜《きょうりゅう》惑星《わくせい》』、『ジーンダイバー』、「アリス探《たん》偵局《ていきょく》』……。今《いま》こうして『天《てん》てれ』で放送《ほうそう》されている作品《さくひん》に、自分《じぶん》が出《だ》させてもらえるのは、とても嬉《うれ》しいです。

誕生日《たんじょうび》――12月《がつ》20日《はつか》
血液型《けつえきがた》――B型《ビーがた》
星座《せいざ》――射手座《いてざ》
趣味《しゅみ》・特技《とくぎ》――イラストを描《か》くこと
休《やす》みの日《ひ》にしていること――アニメを見《み》る
影響《えいきょう》を受《う》けたアニメ、本《ほん》など――『るろうに剣心《けんしん》』、『新機動戦記《しんきどうせんき》ガンダムW《ウイング》』
好《す》きな食《た》べもの――白《しろ》いご飯《はん》

西山宏太朗《にしやまこうたろう》さん

上杉和典《うえすぎかずのり》役《やく》

アニメ、小説《しょうせつ》、漫画《まんが》、ぜひいろんな方向《ほうこう》から『KZ《カッズ》』を楽《たの》しんでください

神奈川県出身《かながわけんしゅっしん》。主《おも》な作品《さくひん》に、『ハイキュー!!』の成田一仁役《なりたかずひとやく》、『美男高校地球《びなんこうこうちきゅう》防衛部《ぼうえいぶ》LOVE《ラブ》!』の鬼怒川熱史役《きぬがわあつしやく》、『ジュエルペット　マジカルチェンジ』雲母《きらら》朔太郎役《さくたろうやく》などがある。

Q 出演《しゅつえん》が決《き》まったときの感想《かんそう》を聞《き》かせてください。

上杉《うえすぎ》はクールで口数《くちかず》が少《すく》なくて知《ち》的《てき》。だけど仲間《なかま》への思《おも》いやりも持《も》った男《おとこ》の子《こ》。こういった役《やく》はやったことがなかったので、新《あたら》しいキャラクターを演《えん》じる機会《きかい》を得《え》られて嬉《うれ》しく思《おも》いました。そして個人的《こじんてき》なことですが、僕《ぼく》は『天《てん》てれ』を見《み》て育《そだ》ってきたので、そこに自分《じぶん》が声優《せいゆう》として参加《さんか》できるなんて夢《ゆめ》のように思《おも》いました。

Q 声優《せいゆう》になろうと思《おも》ったきっかけは何《なん》ですか?

きっかけは学校《がっこう》の国語《こくご》の授業《じゅぎょう》で、音《おん》読《どく》をすごく褒《ほ》めてもらい、嬉《うれ》しかったことです。声《こえ》を使《つか》って何《なに》かをするのはおもしろいなと思《おも》い、声《こえ》を使《つか》う仕事《しごと》について調《しら》べて、声優《せいゆう》という職業《しょくぎょう》を知《し》りました。そのときから、ずっと声優《せいゆう》になりたいと思《おも》ってやってきました。小《しょう》6の文集《ぶんしゅう》には、将来《しょうらい》の夢《ゆめ》は声優《せいゆう》と書《か》いています。

Q KZ《カッズ》を見《み》ている子《こ》どもたちにメッセージをお願《ねが》いします。

KZ《カッズ》が事件《じけん》を調査《ちょうさ》して、謎《なぞ》を解《と》き明《あ》かしていく姿《すがた》は、リアルな社会《しゃかい》の雰囲《ふんい》気《き》がそのまま出《で》ていると思《おも》います。キャラクターも個性《こせい》があって本当《ほんとう》にいそうな人物《じんぶつ》ばかり。自分《じぶん》がKZ《カッズ》だったらと投影《とうえい》もしやすいのではと思《おも》います。アニメ、小説《しょうせつ》、漫画《まんが》と3つの方法《ほうほう》で楽《たの》しめるので、ぜひいろんな方向《ほうこう》から『KZ《カッズ》』を楽《たの》しんでください。

- 誕生日《たんじょうび》——10月《がつ》11日《にち》
- 血液型《けつえきがた》——B型《ビーがた》
- 星座《せいざ》——天秤座《てんびんざ》
- 趣味《しゅみ》・特技《とくぎ》——カメラ
- 休《やす》みの日《ひ》にしていること——近所《きんじょ》を探索《たんさく》
- 影響《えいきょう》を受《う》けたアニメ、本《ほん》など——『もののけ姫《ひめ》』
- 好《す》きな食《た》べもの——ツナ

小塚和彦《こづかかずひこ》 役《やく》

声優《せいゆう》になるためには、人間《にんげん》としての力《ちから》がいちばん大切《たいせつ》

市来光弘《いちきみつひろ》さん

鹿児島県出身《かごしまけんしゅっしん》。主《おも》な作品《さくひん》に『BLEACH《ブリーチ》』の雪緒役《ゆきおやく》、『フリージング』のアオイ＝カズヤ役《やく》、ゲーム『刀剣乱舞《とうけんらんぶ》』の大和守安定《やまとのかみやすさだ》役《やく》などがる。

Q 今回《こんかい》、『KZ《カッズ》』で小塚役《こづかやく》をどのように演《えん》じられましたか？

今《いま》まで子《こ》ども向《む》けの作品《さくひん》に関《かか》わることはあまりなかったので、今回青《こんかいあお》い鳥《とり》文庫《ぶんこ》が原作《げんさく》の作品《さくひん》に関《かか》われて、とても嬉《うれ》しく思《おも》っています。そして小塚《こづか》という子《こ》は、他《ほか》のキャラクターとの関《かか》わりの中《なか》で、やさしくふんわり、中間的《ちゅうかんてき》な存在《そんざい》だということが際立《きわだ》っていました。自分《じぶん》なりに小塚《こづか》のその特徴《とくちょう》を演《えん》じていったつもりです。

Q 声優《せいゆう》になろうと思《おも》ったきっかけは何《なん》ですか？

僕《ぼく》は、とにかくゲームが大好《だいす》きで、子《こ》どもの頃《ころ》はゲームばかりしていました。中学生《ちゅうがくせい》のときに、大好《だいす》きなゲームから聞《き》こえるあの声《こえ》をやってみたい！と思《おも》ったのがきっかけで、声優《せいゆう》を目指《めざ》すようになりました。実際《じっさい》に今《いま》、自分《じぶん》がゲームのキャラクターの声《こえ》を担当《たんとう》できることは、幸《しあわ》せなことだと思《おも》っています。

Q 声優《せいゆう》になるためには、どんなことが必要《ひつよう》だと思《おも》いますか？

運《うん》や声色《こわいろ》はもちろんですが、人間《にんげん》としての力《ちから》がいちばん大切《たいせつ》になってくると思《おも》います。アニメのように、みんなで一つのものを作《つく》り上《あ》げていくには、コミュニケーション力《りょく》が大切《たいせつ》です。コミュニケーション力《りょく》を上《あ》げるためにも、いろいろなことに興味《きょうみ》を持《も》って、経験値《けいけんち》を上《あ》げることが大切《たいせつ》だと思《おも》います。

誕生日《たんじょうび》	1月10日《がつとおか》
血液型《けつえきがた》	A型《エーがた》
星座《せいざ》	山羊座《やぎざ》
趣味《しゅみ》・特技《とくぎ》	ゲーム
休《やす》みの日《ひ》にしていること	ゲーム
影響《えいきょう》を受《う》けたアニメ、本《ほん》など	KOF《キングオブファイターズ》シリーズ（格闘《かくとう》ゲーム）
好《す》きな食《た》べもの	カレー、ラーメン

なぜ声優《せいゆう》になろうと思《おも》ったのですか？

僕《ぼく》は子《こ》どものころ、なりたいものがころころ変《か》わっていました。何《なに》かをやるときに、目指《めざ》す先《さき》のゴールに目標《もくひょう》がないとがんばれなかったんです。でも中《ちゅう》2のときに「声優《せいゆう》という職業《しょくぎょう》は、どんなことでも、何《なに》をがんばっても、すべてが自分《じぶん》の力《ちから》になる」という話《はなし》を聞《き》いて、声優《せいゆう》になるという夢《ゆめ》を持《も》ちました。それからずっと、声優《せいゆう》を目指《めざ》してきました。

声優《せいゆう》という仕事《しごと》のおもしろいことや、大変《たいへん》なことを教《おし》えてください。

芝居《しばい》、歌《うた》、ラジオなど、とにかくいろいろなことができる職業《しょくぎょう》です。声優《せいゆう》なら、『KZ《カッズ》』のような小学生役《しょうがくせいやく》を演《えん》じることもできます。そこは声優《せいゆう》のおもしろさだと思《おも》います。大変《たいへん》なことはいろいろあるけれど、その経験《けいけん》もすべて自分《じぶん》の糧《かて》になるので、大変《たいへん》なことを嫌《いや》だと思《おも》ったことはないです。

声優《せいゆう》になるためには、何《なに》が必要《ひつよう》だと思《おも》いますか？

『KZ《カッズ》』を読《よ》んでいる小中学生《しょうちゅうがくせい》には、まずは日々《ひび》の生活《せいかつ》で感《かん》じることや経験《けいけん》を大切《たいせつ》にしてもらいたいと思《おも》います。声優《せいゆう》としての勉強《べんきょう》は、大人《おとな》になってからでもできるけど、小中学生《しょうちゅうがくせい》のときの感覚《かんかく》や感情《かんじょう》は、今《いま》しか感《かん》じられないものだと思《おも》います。なので、毎日《まいにち》を大切《たいせつ》に、いろんなことをどんどん吸収《きゅうしゅう》していってほしいです。

砂原《すなはら》翔《かける》役《やく》

大変《たいへん》な経験《けいけん》も、すべて自分《じぶん》の糧《かて》になる

梶《かじ》 裕貴《ゆうき》さん

東京都《とうきょうと》出身《しゅっしん》。主《おも》な作品《さくひん》に『進撃《しんげき》の巨人《きょじん》』のエレン・イェーガー役《やく》、『ポケットモンスターXY&Z《エックスワイアンドゼット》』のシトロン役《やく》。『ワールドトリガー』の三雲修《みくもおさむ》役《やく》などがある。

誕生日《たんじょうび》――9月3日《がつみっか》
血液型《けつえきがた》――O型《オーがた》
星座《せいざ》――乙女座《おとめざ》
趣味《しゅみ》――旅行《りょこう》
休《やす》みの日《ひ》にしていること――読書《どくしょ》、映画鑑賞《えいがかんしょう》
影響《えいきょう》を受《う》けたアニメ、本《ほん》など――朝井《あさい》リョウさんの小説《しょうせつ》
好《す》きな食《た》べもの――果物《くだもの》

主題歌《しゅだいか》

難解《なんかい》！ミステリー

ダイアナガーネットさん

誕生日《たんじょうび》　8月《がつ》25日《にち》

血液型《けつえきがた》　不明《ふめい》

星座《せいざ》　乙女座《おとめざ》

休《やす》みの日《ひ》にしていること　友達《ともだち》とカラオケor《オア》ゲーム

影響《えいきょう》を受《う》けたアニメ　魔法騎士《マジックナイト》レイアース

好《す》きな日本《にっぽん》の食《た》べもの　ひつまぶし

最近《さいきん》はまっていること　アニメカフェめぐり

アメリカ・ワシントンD.C.出身《ディーシーしゅっしん》のアメリカ人《じん》。アニメ好《ず》きだった父《ちち》の影響《えいきょう》で、日本《にっぽん》のアニメに興味《きょうみ》を持《も》つ。来日後《らいにちご》、2013年《ねん》世界一《せかいいち》日本《にっぽん》の歌《うた》が上手《うま》い外国人《がいこくじん》を決定《けってい》するカラオケ番組《ばんぐみ》『のどじまん ザ！ワールド 2013春《はる》』（日本《にっぽん》テレビ系列《けいれつ》）に出演《しゅつえん》して優勝《ゆうしょう》。同年《どうねん》メジャーデビュー。2015年《ねん》に、シングル「Spinning World《スピニング ワールド》」が『NARUTO -ナルト- 疾風伝《しっぷうでん》』エンディングテーマに採用《さいよう》され、活躍《かつやく》の場《ば》を広《ひろ》げている。

Q なぜ日本《にっぽん》で歌手《かしゅ》になったのですか。

A 父親《ちちおや》がアニメファンで、生《う》まれたときから日本《にっぽん》のアニメを見《み》たり、アニソンを聴《き》いたりしていました。日本《にっぽん》で歌手《かしゅ》になろうと思《おも》ったきっかけは、7歳《さい》くらいのときに、アニメ『魔法騎士《マジックナイト》レイアース』のOP《オープニング》テーマで、田村直美《たむらなおみ》さんの「ゆずれない願《ねが》い」という曲《きょく》と出会《であ》ったことです。アメリカの歌手《かしゅ》が歌《うた》う曲《きょく》は、自分《じぶん》の感情《かんじょう》や思《おも》いを描《えが》いたすこしネガティブな曲《きょく》が多《おお》いけど、この曲《きょく》はすごく前向《まえむ》きで、みんなと一緒《いっしょ》に未来《みらい》へ向《む》かっていく感《かん》じがして、自分《じぶん》もこういう風《ふう》に人《ひと》に力《ちから》を与《あた》えられる曲《きょく》を日本《にっぽん》で歌《うた》いたいと思《おも》いました。日本《にっぽん》に来《き》てからは、中学校《ちゅうがっこう》で英語《えいご》の教師《きょうし》をしながらメジャーデビューを目指《めざ》していました。2013年《ねん》にデビューして、今年《ことし》は中学生《ちゅうがくせい》のころからずっと好《す》きだったアニメ『NARUTO-ナルト-疾風伝《しっぷうでん》』ED《エンディング》テーマを歌《うた》うことができました。

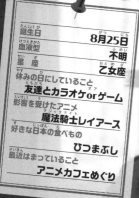

難解《なんかい》！ミステリー

歌《うた》：ダイアナガーネット
作詞《さくし》：井上《いのうえ》ジョー
作曲《さっきょく》：井上《いのうえ》ジョー

難解！ミステリー【通常盤】
シングルCD
¥1,204+税

難解！ミステリー
【初回生産限定盤】
シングルCD＋DVD
¥1,574+税

難題《なんだい》！その時《とき》
糸《いと》を引《ひ》いていた者《もの》は誰《だれ》なのか？
数《かず》あるヒントを残《のこ》したままで

わずかな隙間《すきま》から見《み》え隠《かく》れしてる
希望《きぼう》と勇気《ゆうき》の狭間《はざま》で

難解《なんかい》！ミステリー
それは果《は》てなき
旅《たび》の他《ほか》にならない

謎《なぞ》が謎《なぞ》を呼《よ》び
力《ちから》合《あ》わせて
解決《かいけつ》する喜《よろこ》びを
分《わ》かち合《あ》うんだ

難題《なんだい》！それでも
思考《しこう》をひたすら張《は》り巡《めぐ》らせる
まばたく暇《ひま》さえもなく

刻々《こくこく》とただ時《とき》が過《す》ぎてゆく
ヒントを逃《のが》しはしない

明解《めいかい》！デスティニー
閃《ひらめ》く時《とき》
解《と》けないものなどない

答《こた》えは常《つね》に
目《め》の前《まえ》にある
知《し》られざる真実《しんじつ》を
解《と》き放《はな》つんだ

what's《ホワッツ》 going《ゴーイング》 on《オン》?
where《ウェア》 and《アンド》 how《ハウ》
and《アンド》 what《ホワット》 and《アンド》 why《ホワイ》?

わずかな隙間《すきま》から見《み》え隠《かく》れしてる
希望《きぼう》と勇気《ゆうき》の狭間《はざま》で

難解《なんかい》！ミステリー
それは果《は》てなき
旅《たび》の他《ほか》にならない

謎《なぞ》が謎《なぞ》を呼《よ》び
力《ちから》合《あ》わせて
解決《かいけつ》する喜《よろこ》びを
分《わ》かち合《あ》うんだ

仲間《なかま》たちと共《とも》に
真実《しんじつ》へと突《つ》き進《すす》め

答《こた》えは常《つね》に
目《め》の前《まえ》にある
知《し》られざる真実《しんじつ》を
解《と》き放《はな》つんだ

Q **「探偵《たんてい》チームKZ《カッズ》」の主《しゅ》題歌《だいか》は、どんな思《おも》いで歌《うた》いましたか。また、『KZ《カッズ》』を見《み》た感《かん》想《そう》も聞《き》かせてください。**

A 事前《じぜん》に原作《げんさく》を読《よ》んで、登場人《とうじょうじん》物《ぶつ》をそれぞれ思《おも》い浮《う》かべながら、歌《うた》いました。友達《ともだち》のために一生懸《いっしょうけん》命《めい》に謎《なぞ》を解《と》くみんなの力《ちから》になれるように、私《わたし》も主題歌《しゅだいか》を一生懸命《いっしょうけんめい》歌《うた》いました。実際《じっさい》にアニメで曲《きょく》が流《なが》れたのを見《み》たときは、キャラクターやストーリーに、曲《きょく》がマッチしていて感動《かんどう》しました。アニメのキャラクターも、原作《げんさく》でイメージしていたとおり、とても魅力《みりょく》的《てき》でキュートでしたね！　特《とく》に好《す》きなキャラクターは上杉《うえすぎ》くんです。私《わたし》と違《ちが》って、数学《すうがく》が得意《とくい》で頭《あたま》がいいので憧《あこが》れちゃいます。私《わたし》も探偵《たんてい》チームKZ《カッズ》に入《はい》って、一緒《いっしょ》に謎解《なぞと》きしたいです。英語《えいご》の謎《なぞ》は私《わたし》にまかせてください！

登場人物紹介《とうじょうじんぶつしょうかい》

探偵《たんてい》チームKZ《カッズ》とは？

進学塾《しんがくじゅく》「秀明《しゅうめい》ゼミナール」の特別《とくべつ》クラスメンバー5人《にん》が、
マウンテンバイク盗難事件《とうなんじけん》を解決《かいけつ》したことをきっかけに探偵《たんてい》チームを結成《けっせい》。
個性的《こせいてき》なメンバーが、警察《けいさつ》も解決《かいけつ》できないような
事件《じけん》の謎《なぞ》に取《と》り組《く》む！

必要事項《ひつようじこう》　優《すぐ》れた能力《のうりょく》、正義感《せいぎかん》、探究心《たんきゅうしん》、協調性《きょうちょうせい》。
会議《かいぎ》の場所《ばしょ》　特別《とくべつ》クラスの教室《きょうしつ》、塾《じゅく》のカフェテリア、若武《わかたけ》の家《いえ》のお父《とう》さんの書斎《しょさい》。

立花《たちばな》 彩《あや》

「国語《こくご》のエキスパート」。優秀《ゆうしゅう》でカッコいい兄《あに》と、かわいくて天然《てんねん》な妹《いもうと》にはさまれた真《ま》ん中《なか》の子《こ》。学校《がっこう》では仲《なか》のいい友《とも》だちはおらず目立《めだ》たないようにしている。探偵《たんてい》チームKZ《カッズ》の活動《かつどう》が唯一《ゆいいつ》の生《い》きがい。

若武和臣《わかたけかずおみ》

探偵《たんてい》チームKZ《カッズ》のリーダーで、目立《めだ》ちたがり屋《や》。勉強《べんきょう》もサッカーも調子《ちょうし》に波《なみ》があり、「ウェーブの若武《わかたけ》」と呼《よ》ばれる。父親《ちちおや》は国際弁護士《こくさいべんごし》でニューヨークに駐在中《ちゅうざいちゅう》。家《いえ》にはお手伝《てつだ》いの島崎《しまざき》さんがいる。

黒木貴和《くろきたかかず》

「対人関係《たいじんかんけい》のエキスパート」。背《せ》が高《たか》くて大人《おとな》っぽい。女《おんな》の子《こ》には優《やさ》しいが、自分《じぶん》の内面《ないめん》を人《ひと》に見《み》せないミステリアスな一面《いちめん》を持《も》っている。家庭環境《かていかんきょう》も、謎《なぞ》に包《つつ》まれている。

数学《すうがく》の成績《せいせき》はつねにトップクラスで、「数《かず》の上杉《うえすぎ》」と呼《よ》ばれている。いつも冷静《れいせい》でクールな知的理論派《ちてきりろんは》。両《りょう》親《しん》はともに医師《いし》。

上杉和典《うえすぎかずのり》

小塚和彦《こづかかずひこ》

「シャリ（社理《しゃり》）の小塚《こづか》」と呼《よ》ばれている社会《しゃかい》と理科《りか》のエキスパート。おっとりしていて、優《やさ》しい性格《せいかく》。父親《ちちおや》は著名《ちょめい》な研究者《けんきゅうしゃ》でフランスで仕事《しごと》をしている。母《はは》親《おや》と3人《にん》の叔母《おば》と暮《く》らしている。

砂原《すなはら》 翔《かける》

元《もと》サッカーチームKZ《カッズ》のメンバー。事件《じけん》を起《お》こし、KZ《カッズ》を去《さ》ることになったため、不良《ふりょう》との噂《うわさ》も。とっつきにくいが、心《こころ》を開《ひら》いた人《ひと》に対《たい》しては優《やさ》しい面《めん》も見《み》せる。父親《ちちおや》は「砂原《すなはら》ミート」の社長《しゃちょう》。

消《き》えた自転車《じてんしゃ》は
知《し》っている

その1

「放課後《ほうかご》、KZ《カッズ》がうちの学校《がっこう》のグラウンドで練習《れんしゅう》するんだって！」

「きゃー！　やった〜！」

KZ《カッズ》と聞《き》いて、女《おんな》の子《こ》たちの顔《かお》が輝《かがや》きだしてる。

私《わたし》もちょっとドキドキしてる。

だってKZ《カッズ》は、今最高《いまさいこう》にカッコいい少年《しょうねん》サッカーチームだから。

そのKZ《カッズ》のメンバーがうちの学校《がっこう》に来《き》て、近《ちか》くで見《み》られるチャンスなんてめったにないから、女《おんな》の子《こ》たちが騒《さわ》ぐのもすごくわかる。

でも、今日《きょう》は塾《じゅく》の日《ひ》だから、私《わたし》は早《はや》く帰《かえ》らなくちゃいけないんだ。

早足《はやあし》で教室《きょうしつ》を出《で》て裏門《うらもん》から大通《おおどお》りに出《で》た。

そのとたん、突然《とつぜん》「キーッ！」というブレーキの音《おと》が響《ひび》いた。「あぶねーっ！」と叫《さけ》ぶ男《おとこ》の子《こ》の声《こえ》。

立《た》ちすくむ私《わたし》の横《よこ》で黒《くろ》い自転車《じてんしゃ》が横滑《よこすべ》りしてひっくり返《かえ》った。

「何《なに》やってんだよ、若武《わかたけ》。」

「買《か》ったばかりのマウンテン・バイクだから、ブレーキでも試《ため》したかったんだろ。」

うしろから来《き》た男《おとこ》の子《こ》たちが笑《わら》いを含《ふく》んだ声《こえ》で次々《つぎつぎ》に自転車《じてんしゃ》をとめて、転《ころ》んだ男《おとこ》の子《こ》を囲《かこ》み出《だ》した。みんな白《しろ》いハイソックスに真《ま》っ赤《か》なウインドブレーカー、胸《むね》にははっきりとKZ《ケーゼット》のマーク。

この人《ひと》たち、KZ《カッズ》だ！

転《ころ》んで地面《じめん》に座《すわ》り込《こ》んでいた男《おとこ》の子《こ》は「ちっくしょうっ！」と毒《どく》づきながら立《た》ち上《あ》がり、スラリとした足《あし》をまわして自転車《じてんしゃ》にまたがった。

「行《い》こうぜ。動《うご》くポストには要注意《ようちゅうい》だ。」

みんなが私《わたし》のほうを見《み》ながら、ドッと笑《わら》った。

ポスト？

私《わたし》はうつむいて自分《じぶん》の服《ふく》を見《み》た。今日《きょう》は赤《あか》い服《ふく》を選《えら》んだのだった。そう、まるでポストみたいな。

え？　それじゃ「ポスト」って、もしかして私《わたし》のこと⁉

出会《であ》い頭《がしら》の事故《じこ》なんだから、悪《わる》いのはお互《たが》い様《さま》なのに、私《わたし》が悪《わる》いような言《い》い方《かた》するなんて。

なんてイヤミなやつ‼　しかも、ポストって、なんなのよ、ポストって‼

心《こころ》のなかで悔《くや》しい思《おも》いを噛《か》みしめながら、立《た》ち去《さ》っていく男《おとこ》の子《こ》のうしろ姿《すがた》をにらみつけていたら、うしろからポンッと肩《かた》を叩《たた》かれた。

「きみ、かわいいね。名前《なまえ》、教《おし》えてよ。」

⁉

答《こた》えに詰《つ》まっていたら、さっきのKZ集団《カッズしゅうだん》のひとり、眼鏡《めがね》の男《おとこ》の子《こ》が振《ふ》り返《かえ》った。

「黒木《くろき》、おまえまた女《おんな》の子《こ》ひっかけてんのかよ。」

また⁉　ひっかける⁉

「遅《おく》れるとコーチに怒《おこ》られるぞ。」

その子《こ》はしかたなさそうに吐息《といき》をつき私《わたし》のそばを離《はな》れていった。この子《こ》も胸《むね》にはKZ《ケーゼット》のマーク。

えっ……？

KZ《カッズ》って、こんな人《ひと》たちなの⁉

＊

秀明《しゅうめい》ゼミナールは駅《えき》を出《で》て左《ひだり》に曲《ま》がった線路沿《せんろぞ》いにある。まわりにはパチンコ屋《や》さんとか居酒屋《いざかや》、スナックがあって、塾《じゅく》が終《お》わるころになると、お酒《さけ》のにおいがする大人《おとな》がいっぱい歩《ある》いている。

私《わたし》はお弁当《べんとう》をもって5時《じ》15分《ふん》から始《はじ》まる授業《じゅぎょう》に急《いそ》いでいた。私《わたし》のクラスは秀明《しゅうめい》ゼミのなかで下《した》から3番目《ばんめ》、KZ《カッズ》なんかがいる優秀《ゆうしゅう》クラスからはほど遠《とお》い。

じつは私《わたし》は、学校《がっこう》にも塾《じゅく》にも仲《なか》のいい友《とも》だちがひとりもいないんだ。

クラスの女《おんな》の子《こ》たちが話《はな》すことって、テレビかアイドルか占《うらな》いの話題《わだい》だけど、私《わたし》はどれもあんまり詳《くわ》しくないし、正直興味《しょうじききょうみ》もない。本当《ほんとう》は興味《きょうみ》がなくても、あわせなきゃいけないんだろうけど、そういうのが私《わたし》は苦手《にがて》……。それより中学受験《ちゅうがくじゅけん》のほうが気《き》になる。

うつむきながら秀明《しゅうめい》ゼミの階段《かいだん》をのぼっていたら、突然《とつぜん》、

「立花彩《たちばなあや》！」

江川先生《えがわせんせい》に呼《よ》ばれた。

塾《じゅく》の廊下《ろうか》のちょっと人気《ひとけ》のないところまで連《つ》れていかれたあと、江川先生《えがわせんせい》はゆっくりとした口調《くちょう》でこう言《い》った。

「立花《たちばな》、おまえ、特別《とくべつ》クラスに入《はい》れ。」

特別《とくべつ》クラス？

「この間《あいだ》のテスト、おまえ、算数《さんすう》がすごく悪《わる》かったぞ。いちばん下《した》のクラスの平均点《へいきんてん》もいかなかった。」

「…………」

「だが、国語《こくご》はずば抜《ぬ》けてよかった。この塾《じゅく》でも、トップクラスだ。」

「……！」

「立花《たちばな》のように、教科《きょうか》によっ

て成績《せいせき》にバラツキのある生徒《せいと》を集《あつ》めて、得意教科《とくいきょうか》をより伸《の》ばし、苦手教科《にがてきょうか》を克服《こくふく》するためのクラス、それが特別《とくべつ》クラスだ。まだ実験的《じっけんてき》な取《と》り組《く》みだが、これから、いつもの受験《じゅけん》B《ビー》クラスに加《くわ》えて、特別《とくべつ》クラスの授業《じゅぎょう》も受《う》けてもらおうと思《おも》う。」

算数《さんすう》の悲惨《ひさん》な成績《せいせき》のことは忘《わす》れて私《わたし》は少《すこ》し誇《ほこ》らしくなり、「はい。」と返事《へんじ》をした。

「それじゃ、授業《じゅぎょう》の前《まえ》に、ちょっと特別《とくべつ》クラスをのぞきにいこうか。」

特別《とくべつ》クラスは3階《がい》の端《はし》にあった。

先生《せんせい》がドアを開《あ》けた瞬間《しゅんかん》、私《わたし》は思《おも》わず声《こえ》を上《あ》げてしまった。

「あっ⁉」

私《わたし》をポストと言《い》った男子《だんし》。ナンパしてきた男子《だんし》。ナンパ男子《だんし》の友《とも》だちのメガネ男子《だんし》。

よりによって、特別《とくべつ》クラスのメンバーは、4人中《にんちゅう》3人《にん》まで、私《わたし》が出会《であ》い頭《がしら》にぶつかったときのKZ《カッズ》の顔《かお》ぶれだった。うわ、最《さい》っ悪《あく》……。

そもそも、この秀明《しゅうめい》ゼミがつくったサッカーチーム、それがKZ《カッズ》。メンバーになれるのは、秀明《しゅうめい》ゼミのなかでも成績《せいせき》がトップクラスにいる人《ひと》だけで、しかもずば抜《ぬ》けた運動神経《うんどうしんけい》の持《も》ち主《ぬし》でなくちゃいけない。

つまり、勉強《べんきょう》も運動《うんどう》もできる〝スーパーエリート集団《しゅうだん》〟、それがKZ《カッズ》ってわけ。

でも、スター集団《しゅうだん》KZ《カッズ》の実態《じったい》を、私《わたし》は知《し》ってしまった。イヤミでナンパな人《ひと》たちを……。

私《わたし》のKZ《カッズ》に対《たい》する憧《あこが》れの気持《きも》ちは、すっかりしぼんでしまったのに、そのKZ《カッズ》とこれからやっていかなきゃいけないなんて。――最悪《さいあく》だ。

私《わたし》は心《こころ》のなかで、つぶやいた。

江川先生《えがわせんせい》は、そんな私《わたし》たちの空気《くうき》を読《よ》むことなく、さばさばとした口調《くちょう》で私《わたし》をやつらに紹介《しょうかい》した。

「今日《きょう》から特別《とくべつ》クラスに参加《さんか》する立花彩《たちばなあや》だ。国語《こくご》が抜群《ばつぐん》にできる。」

それから今度《こんど》は私《わたし》のほうを見《み》ながら、彼《かれ》らを紹介《しょうかい》し始《はじ》めた。

「上杉《うえすぎ》、黒木《くろき》、小塚《こづか》、それに若武《わかたけ》だ。」江川先生《えがわせんせい》は、男子《だんし》たちに向《む》かって「仲良《なかよ》くしろよ。」と釘《くぎ》をさすように言《い》ってから、私《わたし》のほうに向《む》きなおった。

「じゃ、立花《たちばな》。受験《じゅけん》B《ビー》のクラスに戻《もど》っていいぞ。特別《とくべつ》クラスの授業《じゅぎょう》は週《しゅう》1回《かい》。明日《あした》からだ。いいな。」

江川先生《えがわせんせい》の後《あと》に続《つづ》いて教室《きょうしつ》から出《で》ていこうとした私《わたし》を、若武《わかたけ》クンが呼《よ》び止《と》めた。

「立花《たちばな》、挨拶《あいさつ》は？」

「え……？」

若武《わかたけ》はポケットに手《て》を入《い》れて、体《からだ》を斜《なな》め前《まえ》に向《む》けたま

ま、私《わたし》を見《み》ていた。

「おまえ、新入《しんい》りだろう。前《まえ》からいるオレたちに、ちゃんと挨拶《あいさつ》しろよ。」

私《わたし》はむっとした。

いばってる！　いいわ、とびっきりの挨拶《あいさつ》をしてあげる！

「立花彩《たちばなあや》です。上杉《うえすぎ》クン、小塚《こづか》クン、黒木《くろき》クン、それに、人間《にんげん》とポストの違《ちが》いもわからない、いばり屋《や》の若武《わかたけ》クン！　これからよろしくお願《ねが》いします！」

上杉《うえすぎ》クン、小塚《こづか》クン、黒木《くろき》クンがプッと吹《ふ》き出《だ》した。

「若武《わかたけ》、おまえの負《ま》けだ。なかなかしゃれた挨拶《あいさつ》だったよ。さすが国語《こくご》のエキスパートだ。ただし、オレなら若武《わかたけ》のことは〝いばり屋《や》〟っていうより、〝目立《めだ》ちたがり屋《や》〟って言《い》うけどな。」

黒木《くろき》クンが、からかうように若武《わかたけ》を振《ふ》り返《かえ》った。

「オレなら、〝気取《きど》り屋《や》〟って言《い》うね。」

眼鏡《めがね》の上杉《うえすぎ》クンも続《つづ》けて言《い》う。人《ひと》のよさそうな丸顔《まるがお》の小塚《こづか》クンまで、

「ボクは〝ハッタリ屋《や》〟だと思《おも》うな。どんな話《はなし》でも若武《わかたけ》がするとよさそうに聞《き》こえるもん。若武《わかたけ》は人《ひと》をそそのかす名人《めいじん》だよ。」

私《わたし》はもう我慢《がまん》できずに笑《わら》い出《だ》した。見《み》ると、若武《わかたけ》はみんなを

にらみまわし、

「ああ、オレは、いばり屋《や》で、目立《めだ》ちたがり屋《や》で、気取《きど》り屋《や》で、ハッタリ屋《や》だよ。悪《わる》かったな！」

靴底《くつぞこ》をキュッと鳴《な》らして出口《でぐち》へ向《む》かっていった。

「おい、若武《わかたけ》……。」

バタン！　とドアが閉《し》まり、若武《わかたけ》は出《で》ていった。

6時《じ》のチャイムが鳴《な》り、次《つぎ》の授業《じゅぎょう》のためにみんなで特別《とくべつ》クラスを出《で》た。私《わたし》はそっと小塚《こづか》クンの腕《うで》を引《ひ》っぱり、小声《こごえ》で相談《そうだん》した。

「ね、若武《わかたけ》クンに謝《あやま》る？」

「謝《あやま》る？　……なんで？」

小塚《こづか》クンは、キョトンとした表情《ひょうじょう》で、私《わたし》の言《い》ったことを繰《く》り返《かえ》した。

「だってあんなに怒《おこ》らせたじゃない。謝《あやま》らないと、これから先《さき》、困《こま》るでしょう？」

小塚《こづか》クンは、やっと意味《いみ》がわかった、という表情《ひょうじょう》でおっとりと笑《わら》いながらこう言《い》った。

「ああ、いいんだよ。ボクたちみんな、若武《わかたけ》が好《す》きだもん。」

「好《す》き……？」

「好《す》きって気持《きも》ちは、感覚《かんかく》で伝《つた》わるだろ？　だから、若武《わかたけ》にもわかってる。ただ、今《いま》はちょっと頭《あたま》

にきているだけ。冷《さ》めちまえば、元通《もとどお》りだよ。心配《しんぱい》しなくて大丈夫《だいじょうぶ》。」

そう言《い》いながら笑《わら》う小塚《こづか》クンが、私《わたし》にはまぶしかった。

私《わたし》は今《いま》まで、周囲《しゅうい》にものすごく気《き》を遣《つか》ってきた。みんなから、はみださないために。みんなと、うまくやっていくために……。でも、本当《ほんとう》に大事《だいじ》なことは、みんなとうまくやることなんかじゃなくて、みんなを好《す》きになることなのかもしれない。

＊

塾《じゅく》の時計《とけい》が夜《よる》8時《じ》を指《さ》し、チャイムが鳴《な》った。

江川先生《えがわせんせい》が「じゃあ、今日《きょう》はここまで。」と言《い》うと、さっきまで静《しず》まり返《かえ》っていた教室《きょうしつ》がとたんににぎやかになり、みんながいっせいに帰《かえ》り支度《じたく》を始《はじ》めた。

そのとき、なごやかな教室《きょうしつ》に、突然大声《とつぜんおおごえ》が響《ひび》き渡《わた》った。

「立花《たちばな》、いるかーっ！　立花彩《たちばなあや》っ！」

開《あ》け放《はな》たれたドアの前《まえ》で、若武《わかたけ》が教室内《きょうしつない》をぐるりと見渡《みわた》していた。

「あの子《こ》、KZ《カッズ》の若武《わかたけ》くん……！」

「なんで若武《わかたけ》くんが、あの子《こ》に……？」

私《わたし》に女《おんな》の子《こ》たちの視線《しせん》が集《あつ》まる。若武《わかたけ》は私《わたし》を見《み》つけると近《ちか》づいて「来《こ》いよ！」と手《て》を引《ひ》っぱった。

「ちょっと、やだ、目立《めだ》っちゃうじゃない！」

怒《いか》りと恥《は》ずかしさと、でもちょっと嬉《うれ》しいような気持《きも》ちが混《ま》じってる自分《じぶん》に戸惑《とまど》った。

廊下《ろうか》に出《で》ると、若武《わかたけ》は私《わたし》に向《む》き直《なお》り、こう言《い》った。

「声明文《せいめいぶん》を作《つく》ってほしいんだ。」

「声明文《せいめいぶん》……？」

「ああ、オレの、マウンテン・バイクが盗《ぬす》まれたんだ！」

「！」

——若武《わかたけ》の自転車盗難事《じてんしゃとうなんじ》件《けん》。この事件《じけん》が、私《わたし》の人生《じんせい》を大《おお》きく変《か》えることになるなんて、このときの私《わたし》は夢《ゆめ》にも思《おも》っていなかった。

超個性的《ちょうこせいてき》な男《おとこ》の子《こ》たち4人《にん》と私《わたし》が探偵《たんてい》チームKZ《カッズ》を結成《けっせい》することになった、最初《さいしょ》の事件《けん》。

これが、その幕開《まくあ》けだった。

その2

「盗《ぬす》まれた？　いつ？　どこで？」

盗《ぬす》まれた、ってコトバに、私《わたし》はドキドキしながら早口《はやくち》で聞《き》いてみた。

「……今《いま》。そこで。」

若武《わかたけ》は、私《わたし》に背中《せなか》を向《む》けて歩《ある》きながら、低《ひく》い声《こえ》でぼそっと答《こた》えた。

「え……？　でも、秀明《しゅうめい》は自転車《じてんしゃ》で来《く》るの、禁止《きんし》されているんじゃ……。」

「とにかくおまえは、国語《こくご》のエキスパートなんだろ。声明文《せいめいぶん》、早《はや》く作《つく》ってくれよ！」

私《わたし》がまだ言《い》い終《お》わらないうちに、若武《わかたけ》が声《こえ》を張《は》り上《あ》げた。

なに、それ。塾《じゅく》には自転車《じてんしゃ》で来《き》ちゃいけないっていう規則《きそく》があるのに、それをやぶったんでしょ。しかも人《ひと》に頼《たの》みごとするくせに、またそんな、いばった言《い》い方《かた》してる。

私《わたし》はだんだん腹《はら》が立《た》ってきて、若武《わかたけ》につかまれた手《て》をふりほどいて立《た》ち止《ど》まった。

「なんで？　自転車《じてんしゃ》を盗《ぬす》まれたことが、私《わたし》になんの関係《かんけい》があるのよ？」

私《わたし》は、若武《わかたけ》をにらみつけるようにして、こう言《い》った。

「だって、おまえはオレの仲間《なかま》……。」

そう言《い》いかけて、若武《わかたけ》はハッと何《なに》かに気《き》づいたような表情《ひょうじょう》をした。

「ごめん……。」

今度《こんど》は沈《しず》んだ声《こえ》で静《しず》かにつぶやいた。意外《いがい》な反応《はんのう》だった。

「帰《かえ》っていいよ、悪《わる》かったな。」

少《すこ》しつらそうに言《い》ってから若武《わかたけ》はくるりと背《せ》を向《む》け、両手《りょうて》をポケットにつっこむと、ひとりで階段《かいだん》を下《お》りていった。

その姿《すがた》を見送《みおく》った私《わたし》は、自分《じぶん》がたった今《いま》、とてつもなく大《おお》きな失敗《しっぱい》をしでかしたかもしれない、と後悔《こうかい》し始《はじ》めていた。

少《すく》なくとも若武《わかたけ》はさっきまで、私《わたし》のことを「仲間《なかま》」と思《おも》ってくれていたようだった。

だから、自転車《じてんしゃ》が盗《ぬす》まれるという一大事《いちだいじ》が起《お》きたとき、私《わたし》を頼《たよ》りにしてくれた。

だけど、私《わたし》の様子《ようす》を見《み》て、「仲間《なかま》じゃないかもしれない。」と思《おも》った。

それで、今《いま》までの態度《たいど》を謝《あやま》って、去《さ》っていったんだ……。

もしかして、人間《にんげん》はこうやって友《とも》だちを失《うしな》っていくのかもしれない。私《わたし》はこれまでにも、こんなことを繰《く》り返《かえ》してきたのかも。それで、今《いま》みたいに、ひとりぼっちになっちゃったのではないのだろうか……。

仲間《なかま》。今《いま》まで、ほかの誰《だれ》も私《わたし》のことをそんなふうに言《い》ってくれた人《ひと》は、いなかった。若武《わかたけ》以外《いがい》は。

そこまで考《かんが》えたら、自然《しぜん》に体《からだ》が動《うご》いていた。

階段《かいだん》を駆《か》け下《お》り、廊下《ろうか》に続《つづ》く曲《ま》がり角《かど》を勢《いきお》いよく曲《ま》がった。

その瞬間《しゅんかん》、目《め》に飛《と》び込《こ》んできたのは、廊下《ろうか》の壁《かべ》に寄《よ》りかかって立《た》っている若武《わかたけ》の姿《すがた》だった。

「！」

若武《わかたけ》は私《わたし》を見《み》つけると、クスッと笑《わら》いながら、こちらに向《む》き直《なお》った。まるで、こうなることがわかっていたかのように。

「声明文《せいめいぶん》、書《か》く気《き》になった？」

その表情《ひょうじょう》を見《み》たとき、小塚《こづか》クンの声《こえ》が頭《あたま》のなかでエコーみたいに響《ひび》いた。「若武《わかたけ》は、人《ひと》をそそのかす名人《めいじん》だよ。」

ああ、やられた。

若武《わかたけ》は、全部予想《ぜんぶよそう》して、ここで私《わたし》を待《ま》ち構《かま》えていたんだ。獲物《えもの》を待《ま》つハンターのように。

悔《くや》しい。でも私《わたし》は操《あやつ》られたことよりも、若武《わかたけ》が私《わたし》の力《ちから》を認《みと》めて「仲間《なかま》」と思《おも》ってくれていたことのほうが嬉《うれ》しかった。若武《わかたけ》の役《やく》に立《た》ちたい。そんな気持《きも》ちが強《つよ》くなっていた。

「それで、どんな声明文《せいめいぶん》を書《か》けばいいの？」

「そうだな……。」

少《すこ》し考《かんが》えたあと若武《わかたけ》は天井《てんじょう》に向《む》けて人差《ひとさ》し指《ゆび》を立《た》て、勢《いきお》いよくこう言《い》った。

「犯人《はんにん》に告《つ》ぐ！　すぐ反省《はんせい》してオレのマウンテン・バイクを戻《もど》せばよし。戻《もど》さなければ、ひどい目《め》にあうぞ。」

若武《わかたけ》は、「ひどい目《め》にあうぞ。」という部分《ぶぶん》で天井《てんじょう》に向《む》けていた人《ひと》差《さ》し指《ゆび》をおろし、今度《こんど》は指先《ゆびさき》をスッと私《わたし》のほうへ向《む》けた。なんか、感《かん》じ悪《わる》い。

「あの……、それ……、本気《ほんき》？」

「ああ。細《こま》かい言葉遣《ことばづか》いや、表現《ひょうげん》は任《まか》せる。」

若武《わかたけ》は自信満々《じしんまんまん》の表情《ひょうじょう》だ。

「ムダじゃない？」私《わたし》はなかば呆《あき》れぎみに言《い》ってみた。自転車《じてんしゃ》を盗《ぬす》んだ犯人《はんにん》が、そんな声明文《せいめいぶん》でのこのこ自転車《じてんしゃ》を返《かえ》しにくるだろうか。

「いや、できることはなんだってやってみる。あのマウンテン・バイクはやっと買《か》ってもらって、昨日《きのう》、届《とど》いたばかりだったんだ！　オレは見《み》つけてやるぞ、必《かなら》ず！」

そう息巻《いきま》きながら、若武《わかたけ》はビルの出口《でぐち》に向《む》かい始《はじ》めた。

「どこ行《い》くの？」

「事件現場《じけんげんば》だ！」

若武《わかたけ》は威勢《いせい》よく答《こた》えた。

塾《じゅく》の裏口《うらぐち》では、黒木《くろき》クンたちが待《ま》っていた。

「若武《わかたけ》、チャリ、どこに置《お》いたんだよ。」

上杉《うえすぎ》クンと小塚《こづか》クンがぐるりと周囲《しゅうい》を見回《みまわ》していた。

「このへん。」と電柱脇《でんちゅうわき》にしゃがみ込《こ》みながら、若武《わかたけ》は首《くび》をひねった。

「ダイヤル錠《じょう》もかけて、チェーンでがっちり縛《しば》り付《つ》けといたんだけどさ。」

そのとき、電柱《でんちゅう》を注意深《ちゅういぶか》く見《み》ていた上杉《うえすぎ》クンが、電柱《でんちゅう》をさすりながら、

「チェーンのビニールコーティングは黄色《きいろ》、だよな？」

と、若武《わかたけ》に確認《かくにん》するように問《と》いかけた。推理《すいり》が的中《てきちゅう》したらしく、若《わか》武《たけ》は驚《おどろ》きながら、

「どうしてわかったんだよ？」

と、目《め》を見開《みひら》いた。

「犯人《はんにん》はダイヤル錠《じょう》を開《あ》けずにチェーンを引《ひ》きちぎった。ここにチェーンのコーティングの切《き》れ端《はし》がある。」

上杉《うえすぎ》クンが電柱《でんちゅう》についた粉《こな》を指先《ゆびさき》ですくい、若武《わかたけ》に見《み》せようとしたのと同時《どうじ》に、「あった！」と叫《さけ》ぶ小塚《こづか》クンの声《こえ》が響《ひび》いた。道路脇《どうろわき》から現《あらわ》れた小塚《こづか》クンの手《て》には、引《ひ》きちぎられたチェーンの一部《いちぶ》があった。ビニールコーティングは黄色《きいろ》だ。

「ひでぇ……。」

原形《げんけい》をとどめないチェーンの様子《ようす》に、若武《わかたけ》は顔《かお》をしかめた。

「こんなの、普通《ふつう》の人間《にんげん》にはとても切《き》れないよ。」

いったいどんな人《ひと》が犯人《はんにん》なんだろう。

「でも、どんなやつだろうと、ぜったい捕《つか》まえてやるからな！」

引《ひ》きちぎられたチェーンを見《み》て、若武《わかたけ》はますますボルテージが上《あ》がっている。

その様子《ようす》をちらりと横目《よこめ》で見《み》ながら、冷静《れいせい》な声《こえ》で上杉《うえすぎ》クンが説《と》き伏《ふ》せるように言《い》った。

「たったこれだけの手《て》がかりで犯人《はんにん》を見《み》つけるのは、とても無理《むり》だ。諦《あきら》めて、盗難届《とうなんとどけ》でも出《だ》すんだな。もし保険《ほけん》がかけてあれば、それで新《あたら》しいのが買《か》えるだろ。」

「ダメだ！　塾《じゅく》に自転車乗《じてんしゃの》ってきたことが親《おや》にバレたら、新《あたら》しいのなんて買《か》ってもらえない。おまけに、小遣《こづか》いも無期限《むきげん》ストップだ！」

最後《さいご》はうめくように、若武《わかたけ》が言《い》った。

「それは大問題《だいもんだい》だな。」黒木《くろき》クンが気《き》の毒《どく》そうに同意《どうい》した。

「勝手《かって》にひとりでやれ。オレは降《お》りるから。」

上杉《うえすぎ》クンの声《こえ》に私《わたし》は耳《みみ》を疑《うたが》った。女《おんな》の子同士《こどうし》だったら、友《とも》だちが困《こま》っているときに、助《たす》けないなんて言《い》わないし、言《い》えない。

「いや、オレひとりじゃ無理《むり》だ。今《いま》だって、オレが気《き》づかなかったチェーンのこと、上杉《うえすぎ》が見《み》つけてくれただろう。算数《さんすう》の天才《てんさい》、『数《かず》の上杉《うえすぎ》』って言《い》われる、おまえの分析能力《ぶんせきのうりょく》がオレには必要《ひつよう》なんだ。」

若武《わかたけ》が食《く》い下《さ》がった。上杉《うえすぎ》クンは黙《だま》って聞《き》いている。

「黒木《くろき》。黒木《くろき》の持《も》っているコネクションも必要《ひつよう》なんだ。『シャリ』の小塚《こづか》。社会《しゃかい》と理科《りか》じゃ誰《だれ》もおまえにかなわない。その力《ちから》、オレに貸《か》してくれ。」

黒木《くろき》クンも小塚《こづか》クンも、じっと若武《わかたけ》の熱弁《ねつべん》に耳《みみ》を傾《かたむ》けている。

「国語《こくご》が得意《とくい》な立花《たちばな》には、犯人《はんにん》への声明文《せいめいぶん》を頼《たの》んだ。オレのマウンテン・バイクを盗《ぬす》んだ犯人《はんにん》を、必《かなら》ず捕《つか》まえて、自転車《じてんしゃ》をとりもどす！　みんな、頼《たの》む、協力《きょうりょく》してくれ！」

みんなに向《む》かって頭《あたま》を下《さ》げる若武《わかたけ》を、上杉《うえすぎ》クン、黒木《くろき》クン、小塚《こづか》クンもじっと見《み》ている。

「……しょうがないな。」

最初《さいしょ》に声《こえ》を上《あ》げたのは上杉《うえすぎ》クンだった。

「やっぱり若武《わかたけ》は、人《ひと》をそそのかす名人《めいじん》だよね。」

小塚《こづか》クンもにこにこ笑《わら》って同意《どうい》している。

「よーし、じゃ、さっそく作戦会議《さくせんかいぎ》だ！　明日《あした》、授業前《じゅぎょうまえ》に特別《とくべつ》クラスの教室《きょうしつ》に集合《しゅうごう》な。」

若武《わかたけ》の表情《ひょうじょう》がぱっと明《あか》るくなり、いきいき輝《かがや》き始《はじ》めた。

「立花《たちばな》、遅《おそ》いから送《おく》っていこうか？」

解散《かいさん》して帰《かえ》ろうとしていると、黒木《くろき》クンが私《わたし》を気遣《きづか》うように話《はな》しかけてきた。

「じゃ、お先《さき》に。」と若武《わかたけ》たちに挨拶《あいさつ》すると、「行《い》こ。」と私《わたし》をエスコートするように背中《せなか》に手《て》をまわして、歩《ある》き出《だ》した。

（えーっ！　なにそれ……!?）

内心《ないしん》の動揺《どうよう》を悟《さと》られないよう気《き》をつけながら、

「ちょっと……！　黒木《くろき》クン！　ひとりで帰《かえ》れるよ。あなたの家《いえ》の人《ひと》だって、心配《しんぱい》してると思《おも》うし。」

ドキドキしながら話《はな》すと、突然《とつぜん》黒木《くろき》クンが立《た》ち止《ど》まった。

「立花《たちばな》って、かわいくないね。オレが送《おく》るって言《い》ってんだから、甘《あま》えてればいいじゃん。どうしても送《おく》られたくないって言《い》うのなら、やめるけどね。」

黒木《くろき》クンは私《わたし》の目《め》をじっと見《み》つめると、「決《き》めろよ。」と意外《いがい》に強《つよ》い口調《くちょう》で決断《けつだん》を迫《せま》ってきた。

黒木《くろき》クンといっしょに帰《かえ》ったら楽《たの》しいだろうし、酔《よ》っ払《ぱら》いのおじさんがいても怖《こわ》くない。

「もし、黒木《くろき》クンがかまわないのなら、私《わたし》、送《おく》ってもらいたい。」

正直《しょうじき》に話《はな》すと、黒木《くろき》クンはニヤッと笑《わら》った。

「さぁ、行《い》こうか。」

駅前《えきまえ》の時計《とけい》は夜《よる》8時半《じはん》をまわっていた。いつもはビクビクしながら通《とお》る繁華街《はんかがい》も、私《わたし》より背《せ》の高《たか》い黒木《くろき》クンがそばにいてくれるだけで、安心《あんしん》して通《とお》り過《す》ぎることができた。

そういえば、私《わたし》はずっと夢見《ゆめみ》ていたんだ。すごく頼《たよ》れて、かっこよくて、頭《あたま》もよくて、自信家《じしんか》で、すてきな恋人《こいびと》に守《まも》ってほしいって。

ぼんやりとした未来《みらい》の恋人《こいびと》のイメージが、だんだん黒木《くろき》クンと重《かさ》なってくる。

「このへんだろ?」

黒木《くろき》クンの声《こえ》で、はっと現実《げんじつ》にかえった。

いつの間《ま》にか、自分《じぶん》の家《いえ》に到着《とうちゃく》していたのだった。

じゃあな、とアッサリ帰《かえ》っていく黒木《くろき》クンの背中《せなか》を、もの足《た》りない思《おも》いで見送《みおく》った。

「今日《きょう》はとっても楽《たの》しかったよ、とか、おやすみいい夢《ゆめ》を! とか……言《い》ってほしかったのに……。」

玄関《げんかん》チャイムを鳴《な》らすと、ママがとんできた。

「遅《おそ》いじゃないの!」としかめっ面《つら》だ。

「心配《しんぱい》してたのよ。塾《じゅく》の近《ちか》くのコンビニで強盗《ごうとう》があったんだから!」

「強盗《ごうとう》!?」

「刃物《はもの》で店員《てんいん》を脅《おど》して、お金《かね》を取《と》って、車《くるま》で逃《に》げたんですって。犯人《はんにん》、まだ捕《つか》まってないっていうから、ハラハラして待《ま》ってたのよ!」

プルルルル……。

そのとき、家《いえ》の電話《でんわ》が鳴《な》り出《だ》した。

ママも私《わたし》も、まるで強盗《ごうとう》から電話《でんわ》がきたかのようにビクリとして、そして顔《かお》を見合《みあ》わせた。

その3

電話《でんわ》に出《で》たママは、「お待《ま》ちください。」と言《い》って明《あき》らかに不機嫌《ふきげん》そうに振《ふ》り向《む》いた。

「アーヤ、あなたによ。若武《わかたけ》くんって、誰《だれ》？」

思《おも》いがけない名前《なまえ》が出《で》たので、私《わたし》はびっくりして、立《た》ち上《あ》がった。

「塾《じゅく》の子《こ》！　特別《とくべつ》クラスの。」

部屋《へや》で話《はな》すから、とママから受話器《じゅわき》を奪《うば》うように受《う》け取《と》って、2階《かい》にある自分《じぶん》の部屋《へや》へ駆《か》け上《あ》がった。いったいなんの話《はなし》だろう？

私《わたし》は保留《ほりゅう》にしてあった電話《でんわ》を、急《いそ》いで通話《つうわ》に切《き》り替《か》えた。

「もしもし。」

「なぁ、強盗《ごうとう》の話《はなし》、聞《き》いた？」

若武《わかたけ》の話《はなし》はいつも、いきなり本題《ほんだい》からだ。

「ん、聞《き》いた。塾《じゅく》の近《ちか》くだって。」

「オレのチャリ盗《ぬす》んだのは、たぶんその強盗《ごうとう》

だと思《おも》う。」

「えっ!?」

受話器《じゅわき》を左耳《ひだりみみ》にあてながらカーテンを閉《し》めていた手《て》が止《と》まる。強盗《ごうとう》が、若武《わかたけ》の自転車《じてんしゃ》を？

「コンビニから逃《に》げてきた強盗《ごうとう》は、火事場《かじば》のバカ力《ぢから》を出《だ》してチャリのチェーンを引《ひ》きちぎった。で、オレのチャリに乗《の》って逃《に》げたんだ！」

ママは、強盗《ごうとう》は車《くるま》で逃《に》げたって言《い》ってたけど、若武《わかたけ》が話《はな》すと、たちまちそれは本当《ほんとう》のことのように思《おも》えた。

「これからみんなにも連絡《れんらく》するから。じゃ、明日《あした》な！」

「うん、じゃあ。」

電話《でんわ》を切《き》ったあとも、興奮《こうふん》の余韻《よいん》が残《のこ》っていた。

若武《わかたけ》の自転車盗難事件《じてんしゃとうなんじけん》が、コンビニ強盗《ごうとう》と結《むす》びつくなんて……。

玄関《げんかん》で音《おと》がした。階段《かいだん》を下《お》りていくと、お兄《にい》ちゃんが高校《こうこう》の部活《ぶかつ》から帰《かえ》ってきて靴《くつ》を脱《ぬ》いでいるところだった。

お兄《にい》ちゃんは、いつものように私《わたし》をチラリと見《み》ただけで黙《だま》ったまま通《とお》り過《す》ぎようとした。でも私《わたし》は、さっきの電話《でんわ》の興奮《こうふん》がまだ残《のこ》っていたせいで、その背中《せなか》に向《む》かって一気《いっき》にしゃべった。

「お兄《にい》ちゃん、あのね、今日《きょう》、塾《じゅく》の裏《うら》に置《お》いてた友《とも》だちの自転車《じてんしゃ》が強盗《ごうとう》に盗《ぬす》まれたの。チェーンを引《ひ》きちぎって、逃《に》げたんだよ！」

お兄《にい》ちゃんはゆっくり私《わたし》のほうへ振《ふ》り向《む》いた。いつものポーカーフェイスが崩《くず》れ、呆《あき》れたような表情《ひょうじょう》が現《あらわ》れている。

「誰《だれ》がチェーンなんか、引《ひ》きちぎれるんだよ。オレが強盗《ごうとう》なら、チェーンの付《つ》いてない自転車《じてんしゃ》を探《さが》す。あの近《ちか》くなら、パチンコ屋《や》の駐輪場《ちゅうりんじょう》があるから、いくらでもあるだろ。」

あ、そうか……。

お兄《にい》ちゃんの話《はなし》を聞《き》いて、私《わたし》はようやく若武《わかたけ》の魔法《まほう》からとかれた気《き》がした。確《たし》かに、チェーンを引《ひ》きちぎる時間《じかん》があったら、別《べつ》の自《じ》転車《てんしゃ》を探《さが》したほうがいいよね。

「想像《そうぞう》だけで、いい加減《かげん》なことをしゃべるんじゃないぞ。おまえの信用《しんよう》がなくなるからな。」

さっきより優《やさ》しい声《こえ》で、お兄《にい》ちゃんは付《つ》け足《た》し、2階《かい》にあがってしまった。

「裕樹《ゆうき》、帰《かえ》ったの？」

「うん。」

台所《だいどころ》から聞《き》こえるママの声《こえ》に、お兄《にい》ちゃんのかわりに返事《へんじ》をした。

「アーヤ、裕樹《ゆうき》の勉強《べんきょう》のじゃましちゃダメよ。」

小《ちい》さいころからもう何千回《なんぜんかい》も聞《き》いていることを、いつまでママは言《い》うのだろう。

「わかってるよ！」

私《わたし》ももう何千回《なんぜんかい》も言《い》っている言《い》い方《かた》で返事《へんじ》をした。

成績《せいせき》がよくて、スポーツも万能《ばんのう》で、カッコよくて。高校《こうこう》2年《ねん》のお兄《にい》ちゃんはママの自慢《じまん》の息子《むすこ》だ。そして、素直《すなお》でかわいい小学《しょうがく》1年《ねん》の妹《いもうと》、奈子《なこ》は、ママのお気《き》に入《い》り。私《わたし》はいつも、肝心《かんじん》なところで失敗《しっぱい》してママに怒《おこ》られるタイプ……。

寝《ね》る前《まえ》に毎日《まいにち》つけている日記《にっき》には、家族《かぞく》のことも友《とも》だちのことも進路《しんろ》のことも、悩《なや》みもなんでも書《か》いている。なかでも今日《きょう》の日記《にっき》は特別《とくべつ》のように思《おも》えた。

「私《わたし》にも仲間《なかま》ができた……かな？　私《わたし》がいなきゃ、って、みんなに思《おも》ってもらいたいな。」

そんな言葉《ことば》で日記《にっき》を締《し》めくくった。仲間《なかま》、という言葉《ことば》が、ノートでひときわ輝《かがや》いて見《み》えた。


次《つぎ》の日《ひ》、突然黒木《とつぜんくろき》クンから集合《しゅうごう》がかかった。塾《じゅく》へ行《い》く前《まえ》に、ある場所《ばしょ》まで来《き》てもらいたいというのだ。その「ある場所《ばしょ》」というのは、市内《しない》にある自動車修理工場《じどうしゃしゅうりこうじょう》のスクラップの山《やま》の前《まえ》だった。

そこで私《わたし》たちが見《み》たのは、信《しん》じられない光景《こうけい》だった。新品《しんぴん》だった若武《わかたけ》のマウンテン・バイクが、ぐちゃぐちゃのゴミのようになって捨《す》てられていたのだ。

「ちっきしょう！　オレのマウンテン・バイクが！　新品《しんぴん》だったのに!!」

若武《わかたけ》は拳《こぶし》を握《にぎ》って心底悔《しんそこくや》しそうにプルプル震《ふる》えている。その横《よこ》で、黒木《くろき》クンがスマホの画面《がめん》を見《み》ながら状況《じょうきょう》を説明《せつめい》してくれた。

「情報流《じょうほうなが》していたら、知《し》り合《あ》いのひとりから連絡《れんらく》あってね。おそらく若武《わかたけ》のマウンテン・バイクじゃないかと思《おも》ったら、ドンピシャだった。」

黒木《くろき》クンは本当《ほんとう》に交友関係《こうゆうかんけい》が広《ひろ》い。

「あいつ、いろんな年齢《ねんれい》の友《とも》だちが、あちこちにいるんだ。対人関係《たいじんかんけい》のエキスパートっていうのかな。」

小塚《こづか》クンがそっと教《おし》えてくれた。

「で、上杉《うえすぎ》、小塚《こづか》。どうなんだ？　何《なに》かわかったのか？」

黒木《くろき》クンがスマホから顔《かお》をあげ、ふたりの顔《かお》を見《み》た。

上杉《うえすぎ》クンが眼鏡《めがね》をあげながら答《こた》えた。

「すでに調査《ちょうさ》は終《お》えている。オレたちの考《かんが》えでは、犯人《はんにん》は市《し》内北部《ないほくぶ》の新田町《にったちょう》に住《す》んでいる緑色《みどりいろ》の外車《がいしゃ》を持《も》った人間《にんげん》だよ。」

「どうしてそんなことがわかるの？」

私《わたし》は唖然《あぜん》として尋《たず》ねた。

小塚《こづか》クンは推理《すいり》の過程《かてい》を教《おし》えてくれた。

「まず、自転車《じてんしゃ》の傷《きず》のなかに、これを見《み》つけたんだ。」

小塚《こづか》クンが、小《ちい》さな緑色《みどりいろ》の破片《はへん》を手《て》のひらにのせて、見《み》せてくれた。

「調《しら》べた結果《けっか》、これは外国製《がいこくせい》の車《くるま》に塗《ぬ》ってある塗料《とりょう》であることがわかったんだ。」

さすが、シャリの小塚《こづか》クン。社会《しゃかい》と理科《りか》の知識《ちしき》に関《かん》しては、あの秀明《しゅうめい》ゼミのなかでも右《みぎ》に出《で》るものはいない。

上杉《うえすぎ》クンが、小塚《こづか》クンの話《はなし》を引《ひ》き継《つ》いだ。

「なぜ、自転車《じてんしゃ》に車《くるま》の塗料《とりょう》がついたのか。それは、このふたつがぶつかったからだ。塾《じゅく》の裏《うら》にとめてあった若武《わかたけ》のチャリを、緑色《みどりいろ》の車《くるま》がひっかけた。だが、とまっている時間《じかん》はなかったので、そのまま通《とお》り過《す》ぎようとした。それで、チェーンも切《き》れた。おそらく自転車《じてんしゃ》は、車《くるま》のバンパーの下《した》か何《なに》かに入《はい》り込《こ》んで、そのままひきずられたんだと思《おも》う。」

「犯人《はんにん》の家《いえ》が新田町《にったちょう》っていうのは？」

「土《つち》だよ。」

小塚《こづか》クンが即座《そくざ》に答《こた》えた。

「マウンテン・バイクについている土《つち》を調《しら》べたんだ。ボクらの市《し》は北部《ほくぶ》と南部《なんぶ》で土《つち》のタイプが違《ちが》うんだよ。市《し》の北部《ほくぶ》は埴壌土《しょくじょうど》といって、粘土分《ねんどぶん》が多《おお》いので水《みず》はけが悪《わる》く、南部《なんぶ》は礫土《れきど》といって、キメが粗《あら》く水通《みずとお》しがいいんだ。自《じ》転車《てんしゃ》には、泥《どろ》がついていた。つまり、犯人《はんにん》は北部《ほくぶ》の新田町《にったちょう》あたりを通《とお》ったことになる。」

「犯人《はんにん》が、人目《ひとめ》につかず工具《こうぐ》をつかってチャリを外《はず》せる場所《ばしょ》は、自宅《じたく》ガレージだろ。ここで導《みち》き出《だ》される答《こた》えは、犯人《はんにん》は新田町《にったちょう》に住《す》み、緑色《みどりいろ》の外車《がいしゃ》に乗《の》っている人間《にんげん》。」

すごい……。そんなことまでわかるなんて！

上杉《うえすぎ》クンと小塚《こづか》クンの推理《すいり》を聞《き》いて、さっきまでしょんぼりしていた若武《わかたけ》の顔《かお》が再《ふたた》びいきいきしてきた。

「さっそく新田町《にったちょう》で聞《き》き込《こ》みだ！　緑色《みどりいろ》の外車《がいしゃ》をもっている人間《にんげん》を探《さが》し出《だ》すんだ！」

若武《わかたけ》が身《み》を乗《の》り出《だ》して話《はな》し出《だ》したとき、私《わたし》は思《おも》い切《き》って口《くち》を開《ひら》いた。

「でもさ、相手《あいて》は強盗《ごうとう》かもしれないんだよ。やっぱり警察《けいさつ》に届《とど》けたほうがいいんじゃない？」

でも、その提案《ていあん》は、即座《そくざ》に若武《わかたけ》に却下《きゃっか》されてしまった。

「だからダメだって言《い》っただろ！　警察《けいさつ》に言《い》ったら、塾《じゅく》にチャリで行《い》ったことが親《おや》にバレて、小遣《こづか》いがもらえなくなるんだよ！　オレたちだけで、やろうぜ。」

「それ、あぶねぇよ。」「犯人《はんにん》は、大人《おとな》だぜ。」上杉《うえすぎ》クンも黒木《くろき》クンも若武《わかたけ》をとめようとするけれど、どうも効果《こうか》がない。

「そうだ、犯人《はんにん》は大人《おとな》だ！　大人《おとな》が子《こ》どものものを、こんなにメチャクチャにして知《し》らんぷりしてんだよ。許《ゆる》せないと思《おも》わないか？」

男《おとこ》の子《こ》たちは黙《だま》っている。

「……ボク、力《ちから》を貸《か》すよ。」

小塚《こづか》クンが答《こた》えたことが合図《あいず》のようになり、上杉《うえすぎ》クンも黒木《くろき》クンもうなずいた。

「塗料《とりょう》の成分表《せいぶんひょう》があれば、車《くるま》の種類《しゅるい》まで特定《とくてい》できると思《おも》うんだけどな。」

「OK《オーケー》。なんとかしよう。」

黒木《くろき》クンが請《う》け負《お》った。

「立花《たちばな》、いやなのか？」

私《わたし》は、正直《しょうじき》にうなずいた。だって、危険《きけん》すぎるし、怖《こわ》い。

「なんでだよ。これだから、女《おんな》って、いやなんだ。」

黒木《くろき》クンが「バカやろう。」と言《い》いながら若武《わかたけ》の頭《あたま》を小突《こづ》いたとき、私《わたし》はもう走《はし》り出《だ》していた。

〈これだから、女《おんな》って、いやなんだ。〉みんなの前《まえ》から走《はし》り去《さ》りながら、私《わたし》の頭《あたま》のなかでは、若武《わかたけ》の言葉《ことば》がぐるぐるまわっていた。

若武《わかたけ》なんてっ……！　もう、大《だい》っ嫌《きら》い!!

でも、私《わたし》には私《わたし》の本当《ほんとう》の気持《きも》ちがわかっていた。事件《じけん》に関《かか》わるのは、確《たし》かに怖《こわ》い。けど、それよりも私《わたし》はみんなに言《い》ってほしかったのだ。

『立花《たちばな》は女《おんな》の子《こ》だから怖《こわ》がっても無理《むり》はない。でも、いっしょにやろうぜ。かばってやるからさ。だって、オレたち、仲間《なかま》じゃん。』って。

そんなのは、身勝手《みがって》な言《い》い分《ぶん》にすぎないことも知《し》っている。考《かんが》えてみたら、あのメンバーのなかで私《わたし》の役割《やくわり》なんて、たいしたことなかった気《き》もする。さびしさで少《すこ》し胸《むね》がキュッと痛《いた》くなった。

塾《じゅく》が終《お》わり、沈《しず》んだ気分《きぶん》で教室《きょうしつ》を出《で》ると「立花《たちばな》！」と呼《よ》びとめられた。小塚《こづか》クンだった。

「黒木《くろき》が塗料《とりょう》の成分表《せいぶんひょう》を手《て》に入《い》れてきたんだけど、読《よ》めないいんだ。」

小塚《こづか》クンの横《よこ》にいた黒木《くろき》クンが私《わたし》に「頼《たの》む。」と言《い》いながら成分表《せいぶんひょう》を手渡《てわた》してきた。

「国語《こくご》のエキスパートのおまえなら、なんとかなるだろ。」

うしろから、上杉《うえすぎ》クンまで現《あらわ》れた。

そして、階段《かいだん》の上《うえ》からは若武《わかたけ》の声《こえ》がした。

「これはおまえの分野《ぶんや》だ。オレは立花《たちばな》といっしょにやりたい。」

「……！」

成分表《せいぶんひょう》の解読《かいどく》か。「それ、見《み》せて。」

私《わたし》が言《い》うと、4人《にん》の顔《かお》がぱっと輝《かがや》いた。

そうだ、できないことは、みんなに任《まか》せればいいんだ。私《わたし》は自分《じぶん》にできることを精一杯《せいいっぱい》やればいい。

成分表《せいぶんひょう》の文字《もじ》は、アルファベットだった。

「え……？」

「ドイツ語《ご》なんだ。」

黒木《くろき》クンが申《もう》し訳《わけ》なさそうに言《い》った。

「ドイツ語《ご》⁉」

〝国語《こくご》〟じゃ、ないじゃん‼

その4

ドイツ語《ご》で書《か》かれた成分表《せいぶんひょう》。

これを、私《わたし》は解読《かいどく》しなきゃいけないんだ。

みんなのために。

そして、私自身《わたしじしん》のために。

私《わたし》は考《かんが》えた末《すえ》、ドイツ語《ご》の辞書《じしょ》を借《か》りてきた。

ドイツ語《ご》なんて習《なら》ったこともないから、解読《かいどく》はやっぱり難《むずか》しい。けれど、ひとつひとつの文字《もじ》、単語《たんご》を辞書《じしょ》と照《て》らし合《あ》わせていけば、なんとかなるんじゃないかとも思《おも》う。

小塚《こづか》クンと上杉《うえすぎ》クンの調査《ちょうさ》によると、マウンテン・バイクについていた塗料《とりょう》は、外国製《がいこくせい》の車《くるま》に塗《ぬ》られていたものだった。

成分表《せいぶんひょう》に書《か》いてあるドイツ語《ご》が読《よ》めれば、車《くるま》の種類《しゅるい》まで特定《とくてい》できる。つまり、犯人《はんにん》に、一歩近《いっぽちか》づけるというわけ。

特別《とくべつ》クラスの教室《きょうしつ》では、ドイツ語《ご》の辞書《じしょ》と成分表《せいぶんひょう》を一生懸命《いっしょうけんめい》見比《みくら》べている私《わたし》を、小塚《こづか》クン、黒木《くろき》クン、上杉《うえすぎ》クン、若武《わかたけ》が取《と》り囲《かこ》んでいた。

「おい、まだかよ。」

若武《わかたけ》が、急《せ》かせるように声《こえ》をかけてきた。

う、焦《あせ》る。

早《はや》くしなくちゃ、と焦《あせ》ると、目《め》で追《お》っていたはずの文字《もじ》がわからなくなって、何度《なんど》も成分表《せいぶんひょう》を確認《かくにん》してしまった。喉《のど》が渇《かわ》いてきた。

「だまれよ。」

上杉《うえすぎ》クンが、若武《わかたけ》の次《つぎ》の言葉《ことば》を制止《せいし》した。

「立花《たちばな》も一生懸命《いっしょうけんめい》やってるだろ。」

黒木《くろき》クンも加勢《かせい》した。

「待《ま》てないんなら、外《そと》に出《で》てれば。」

これは、小塚《こづか》クン。

みんな、私《わたし》のことを応援《おうえん》してくれているんだ。

「……オレ、短気《たんき》だからさ。許《ゆる》せよな。」

若武《わかたけ》が私《わたし》に謝《あやま》ってきたので、それにびっくりした。

そうか、若武《わかたけ》に悪気《わるぎ》はないんだ。私《わたし》をキライなわけでもない。ただ、短気《たんき》なだけなんだ。

私《わたし》はなんだか嬉《うれ》しくなって、

「いいよ。」

と笑顔《えがお》で答《こた》えた。

すると若武《わかたけ》も嬉《うれ》しそうに目《め》を輝《かがや》かせ、

「頑張《がんば》って、はやくしろよ。」

と、励《はげ》ますように声《こえ》をかけてきた。

「うん！」

よし、なんだかノッてきたぞ。

ドイツ語《ご》の辞書《じしょ》としばらくにらめっこをしたあと、私《わたし》はついに成分表《せいぶんひょう》と同《おな》じ文字《もじ》を、辞書《じしょ》のなかに見《み》つけた。

「みんな、見《み》つけたよ！」

数日後《すうじつご》。秀明《しゅうめい》ゼミのカフェテリアで、私《わたし》たちは事件《じけん》の調《ちょう》査報告会《さほうこくかい》を開《ひら》くために集《あつ》まった。

若武《わかたけ》がリーダーっぽく口火《くちび》を切《き》った。

「マウンテン・バイク盗難事件《とうなんじけん》について、これまででわかったことを整理《せいり》しておこう。」

私《わたし》は、用意《ようい》していたノートをカバンから出《だ》した。

「何《なに》、それ？」

黒木《くろき》クンが興味深《きょうみぶか》そうに私《わたし》の手元《てもと》をのぞきこんだ。

「事件《じけん》を記録《きろく》しておくノート。忘《わす》れないように、まとめておこうと思《おも》って。」

「記録《きろく》は、国語《こくご》のエキスパート、立花《たちばな》にまかせよう。では諸君《しょくん》、報告《ほうこく》を頼《たの》む。」

やたら大《おお》げさな言《い》い回《まわ》しが、若武《わかたけ》には意外《いがい》と似合《にあ》ってる。

まずは小塚《こづか》クンが自動車《じどうしゃ》の車種《しゃしゅ》について話《はな》し出《だ》した。

「塗料《とりょう》の種類《しゅるい》から、車《くるま》はドイツ、バウアー社《しゃ》のミューラー、1990年型《ねんがた》。カラーは深緑《ふかみどり》。」

黒木《くろき》クンが、話《はなし》を引《ひ》き継《つ》いだ。

「新田町《にったちょう》の26番《ばん》5号《ごう》の家《いえ》に、その車《くるま》がある。家族構成《かぞくこうせい》は夫婦《ふうふ》と大学生《だいがくせい》の息子《むすこ》がひとり。ただ、今年《ことし》から父親《ちちおや》の転勤《てんきん》で両親《りょうしん》はいない。家《いえ》には息子《むすこ》だけだ。」

「間違《まちが》いない！　そいつがオレのマウンテン・バイクを盗《ぬす》んだ犯人《はんにん》だ！」

興奮《こうふん》ぎみの若武《わかたけ》とは対照的《たいしょうてき》に、静《しず》かにジュースを飲《の》んでいた上杉《うえすぎ》クンが、

「これだけの証拠《しょうこ》じゃ、そこまでは断言《だんげん》できないよ。」

と冷静《れいせい》に言《い》った。

「そう。だからその大学生《だいがくせい》を見張《みは》ってみた。で、やつが電話《でんわ》で話《はな》しているところを録音《ろくおん》した。」

黒木《くろき》クンがスマホを見《み》せながらそう言《い》うと、みんなが、

「マジかよ！」

と、いっせいに身《み》を乗《の》り出《だ》した。

「まあ、聞《き》いてくれ。」

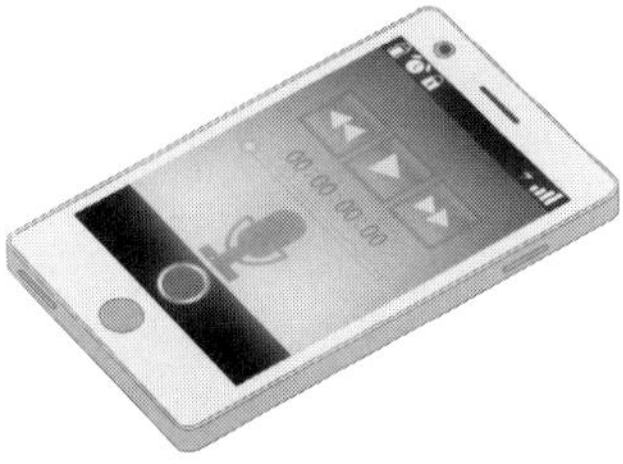

スマホの録音《ろくおん》アプリを開《ひら》いて再生《さいせい》すると、雑音混《ざつおんま》じりの音《おと》が流《なが》れ出《だ》し、確《たし》かに人《ひと》の話《はな》し声《ごえ》が聞《き》こえてきた。

——次《つぎ》は、駅《えき》の向《む》こうの店《みせ》にしよう。……大丈夫《だいじょうぶ》だ、今度《こんど》は事前《じぜん》に逃《に》げ道《みち》をチェックしておくんだ。この前《まえ》のあの自転車《じてんしゃ》には参《まい》ったからな——。

これって、若武《わかたけ》の自転車《じてんしゃ》のことだ！

私《わたし》たちは興奮《こうふん》して顔《かお》を見合《みあ》わせた。犯人《はんにん》の声《こえ》は続《つづ》く。

——ああ、次《つぎ》の金曜《きんよう》だ。それまでには車《くるま》も修理《しゅうり》から戻《もど》ってくる。……わかってる。オレだって、この程度《ていど》の遊《あそ》びで警察《けいさつ》に挙《あ》げられちまったら、たまんねーよ！　じゃあな！——

「こいつだ！　これで証拠《しょうこ》はじゅうぶんだろ！」

若武《わかたけ》は、もう我慢《がまん》できない、と言《い》いたげにみんなの顔《かお》を見回《みまわ》した。

「で、どうする？」

平静《へいせい》を保《たも》てない若武《わかたけ》をほっといて、上杉《うえすぎ》クンは小塚《こづか》クンに向《む》かって今後《こんご》の対策《たいさく》を相談《そうだん》した。

「決《き》まってる。警察《けいさつ》に届《とど》けるんだ。」

小塚《こづか》クンの返答《へんとう》に、私《わたし》も、そして黒木《くろき》クン、上杉《うえすぎ》クンも大《おお》きくうなずいた。

若武《わかたけ》だけが納得《なっとく》できないらしく、

「ダメだ、この証拠《しょうこ》を使《つか》って、犯人《はんにん》を脅《おど》かしてチャリを弁償《べんしょう》させるんだ！」

もう、本当《ほんとう》に、何言《なにい》ってんのよ、若武《わかたけ》！　私《わたし》は思《おも》わず声《こえ》を張《は》り上《あ》げた。

「犯人《はんにん》は今度《こんど》の金曜日《きんようび》にまた強盗《ごうとう》をしようとしているのよ⁉　まずはそれを防《ふせ》ぐのが先《さき》でしょ？

なのに、なんで自分《じぶん》のことばっかり言《い》ってるわけ？」

頭《あたま》にきてまくしたてたけど、若武《わかたけ》にはちっとも響《ひび》かないようだった。

「じゃあ、金曜日《きんようび》にオレたちで待《ま》ち伏《ぶ》せして、犯人《はんにん》が逃《に》げてきたところで捕《つか》まえるんだ。で、警察《けいさつ》まで連《つ》れていく。きっと表彰《ひょうしょう》されるぜ！　新聞《しんぶん》とテレビにも出《で》る！」

取材《しゅざい》されたり、写真《しゃしん》を撮《と》られたりしている自分《じぶん》の姿《すがた》を思《おも》い描《えが》いているであろう若武《わかたけ》の様子《ようす》にあきれながら、上《うえ》杉《すぎ》クンが思《おも》いとどまらせようとした。

「危険《きけん》すぎる。犯人《はんにん》は凶器《きょうき》を持《も》っているに決《き》まってる。」

「じゃあ、どうするんだよ！」

「この録音《ろくおん》と犯人《はんにん》の住所《じゅうしょ》を書《か》いたメモを封筒《ふうとう》に入《い》れて、差出人《さしだしにん》の名前《なまえ》を書《か》かずに警察《けいさつ》に届《とど》ける。」

上杉《うえすぎ》クンのとてもまっとうな意見《いけん》に、黒木《くろき》クンも同意《どうい》した。

「上杉教授《うえすぎきょうじゅ》のおっしゃる通《とお》りだ。それしかないね。」

私《わたし》も、そして小塚《こづか》クンも、大《おお》きくうなずいた。

逆《さか》らえない雰囲気《ふんいき》を察《さっ》した若武《わかたけ》は、見《み》た目《め》にもわかる

ほどガックリうなだれた。

「それじゃ、骨折《ほねお》り損《ぞん》のくたびれもうけってことかよ……。誰《だれ》にもわかってもらえず、チャリも戻《もど》ってこず、表彰《ひょうしょう》もされないなんて……。そんなの、ありかよ。」

「世《よ》の中《なか》、そういうこともあるさ。」

「たまにはひっそりと善行《ぜんこう》をほどこすのも、いいことだ。」

「若武《わかたけ》が誰《だれ》にも知《し》られずにいいことをするなんて、すごいよ。今世紀最大《こんせいきさいだい》の事件《じけん》だ。」

みんなにからかわれると、

「好《す》きなこと、言《い》ってろよ。」

と、若武《わかたけ》はふてくされた顔《かお》をした。その様子《ようす》が、あまりにもわかりやすくて、みんながいっせいに笑《わら》い出《だ》した。

黒木《くろき》クンの〆《しめ》の言葉《ことば》に、若武以外《わかたけいがい》はみんな大《おお》きくうなずいた。

「証拠《しょうこ》は明日《あした》の朝《あさ》、警察《けいさつ》に送《おく》っておくよ。」


その夜《よる》、私《わたし》はいつものように日記《にっき》を書《か》いていた。今回《こんかい》の事件《じけん》のこと、みんなで協力《きょうりょく》して推理《すいり》をしていったこと、そしてとうとう犯人《はんにん》の目星《めぼし》をつけたこと……。

最後《さいご》の行《ぎょう》には、「よかった。これで事件《じけん》は解決《かいけつ》……。」そう書《か》こうとしたとき、ふっと若武《わかたけ》の顔《かお》が頭《あたま》をよぎった。

熱弁《ねつべん》している若武《わかたけ》。

ふてくされる若武《わかたけ》。

自分《じぶん》の手《て》で犯人《はんにん》を捕《つか》まえて、自転車《じてんしゃ》を取《と》り返《かえ》したいと、あれほど言《い》っていた若武《わかたけ》……。

むこうみずで、やりたいと思《おも》ったことは、やってしまうやつ……。

いやな予感《よかん》がした。

「若武《わかたけ》なら、ひとりで行《い》っちゃうかも……？」


いてもたってもいられず、私《わたし》は自転《じてん》車《しゃ》に飛《と》び乗《の》って新田町《にったちょう》へ向《む》かった。

新田町《にったちょう》の26番《ばん》5号《ごう》……。ここだ！

すると庭先《にわさき》から声《こえ》が聞《き》こえてきた。

若武《わかたけ》の声《こえ》だ！

「証拠《しょうこ》だと？」

「ああ！　あんたがコンビニ強盗《ごうとう》だって証拠《しょうこ》だ！　この車《くるま》の塗料《とりょう》が、オレのチャリについてたんだ！　それから、仲間《なかま》との会話《かいわ》も録音《ろくおん》させてもらった！」

犯人《はんにん》らしき若者《わかもの》は、身構《みがま》えた。手元《てもと》

がキラリと光《ひか》ってる。ナイフだ！

「若武《わかたけ》！」

思《おも》わず叫《さけ》ぶと、ふたりがギョッとしてこちらを振《ふ》り向《む》いた。

その隙《すき》に、若武《わかたけ》は犯人《はんにん》の右手《みぎて》に蹴《け》りを入《い》れ、ナイフが地面《じめん》に転《ころ》がった。

「サッカーやってて、よかった！」

場違《ばちが》いに得意《とくい》げな若武《わかたけ》のうしろから小塚《こづか》クンが現《あらわ》れ、ナイフをハンカチで包《つつ》むようにさっと拾《ひろ》った。小塚《こづか》クンのうしろには、上杉《うえすぎ》クンも黒木《くろき》クンもいる。

みんなで犯人《はんにん》を羽交《はが》い締《じ》めにしながら、黒木《くろき》クンが１１０番《ひゃくとおばん》した。

「事件《じけん》です。こちらは、新田町《にったちょう》の26番《ばん》5号《ごう》……。」


翌日《よくじつ》は秀明《しゅうめい》ゼミの特別《とくべつ》クラスの日《ひ》だった。

「みんな、若武《わかたけ》ならやるかも、って思《おも》ったんだよね。若武《わかたけ》の友《とも》だちでいるって、疲《つか》れる。」

小塚《こづか》クンが苦笑《くしょう》まじりに言《い》った。

「助《たす》かったのは、アーヤのおかげだぜ。」

黒木《くろき》クンが言《い》った。アーヤなんて、ママしか呼《よ》ばないのに、どうしてその呼《よ》び方《かた》を知《し》っているんだろう。

「アヤとかアヤコって子《こ》は、たいていそう呼《よ》ばれてるよ。」

黒木《くろき》クンが解説《かいせつ》すると、

「さすが黒木《くろき》。女《おんな》の子《こ》のことに詳《くわ》しい。でも、いいね。アーヤ。」

小塚《こづか》クンまでアーヤと呼《よ》び出《だ》した。

「よし、アーヤもみんなも聞《き》いてくれ。」

若武《わかたけ》が、いつものように仰々《ぎょうぎょう》しく切《き》り出《だ》した。

「今回《こんかい》の事件《じけん》は、オレたちにいろいろな教訓《きょうくん》を残《のこ》してくれた。自分《じぶん》たちの、思《おも》いもかけない能力《のうりょく》に気《き》づいたのも、そのひとつだ。」

そこでだ、と若武《わかたけ》は続《つづ》けた。

「探偵事務所《たんていじむしょ》をつくろうぜ！」

たんていじむしょぉ!?

「ああ、名前《なまえ》も決《き》めてある。KZ《カッズ》だ！」

「それって、オレたちのサッカーチームの名前《なまえ》だろ？」

黒木《くろき》クンがツッこんだ。

「でも、覚《おぼ》えやすくていいよ。探偵《たんてい》チームKZ《カッズ》！」

小塚《こづか》クンが嬉《うれ》しそうに繰《く》り返《かえ》した。

「うん、悪《わる》くない。」

上杉《うえすぎ》クンもまんざらでもなさそうだ。

「面白《おもしろ》いかもしれないな。」

黒木《くろき》クンもにっこり笑《わら》っている。

「で、儲《もう》かったら、それで新《あたら》しいチャリを買《か》うんだ！」

若武《わかたけ》のもくろみに、みんないっせいに「はぁ？」という顔《かお》をした。

「ほんと、若武《わかたけ》の友《とも》だちでいるって、疲《つか》れる……。」

小塚《こづか》クンがしみじみ実感《じっかん》のこもったコメントをしたので、またみんなで大笑《おおわら》いした。

私《わたし》に、生《う》まれて初《はじ》めて仲間《なかま》ができた。この仲間《なかま》といっしょなら、きっと刺激的《しげきてき》な毎日《まいにち》が送《おく》れる。私《わたし》たちの探偵《たんてい》チームKZ《カッズ》、次《つぎ》はどんな事件《じけん》が待《ま》ち受《う》けているんだろう！

今夜《こんや》の日記《にっき》は、書《か》きたいことがたくさんありすぎて、どれから書《か》こうか迷《まよ》いそうだと私《わたし》は思《おも》った。

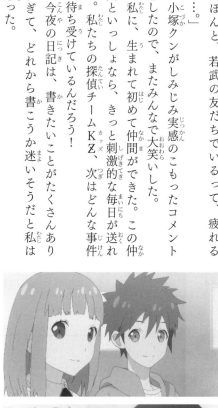

卵《たまご》ハンバーグは
知《し》っている

その1

若武《わかたけ》の自転車盗難事件《じてんしゃとうなんじけん》が、まさか、コンビニ強盗犯《ごうとうはん》の逮捕《たいほ》につながるなんて。

本当《ほんとう》にびっくりした。

そして、それがキッカケになって、私《わたし》たちは『探偵《たんてい》チームKZ《カッズ》』を結成《けっせい》することになったの。持《も》ち込《こ》まれた事件《じけん》を解決《かいけつ》して相談料《そうだんりょう》をもらうっていうアイデアで、発案《はつあん》したのは若武《わかたけ》。

このアイデアに、私《わたし》はものすごーくワクワクしていた。だって、超個性的《ちょうこせいてき》な、あの男《おとこ》の子《こ》たち4人《にん》と組《く》めば、なんだって解決《かいけつ》できそう……でしょう？

ところが。

あのあと中学受験《ちゅうがくじゅけん》が迫《せま》ってきちゃって、勉強《べんきょう》！　勉強《べんきょう》！　勉強《べんきょう》！　の毎日《まいにち》に突入《とつにゅう》。探偵《たんてい》チームは開店休業状態《かいてんきゅうぎょうじょうたい》になっちゃった。

そして、嵐《あらし》のような中学受験《ちゅうがくじゅけん》が終《お》わった今《いま》——。

黒木《くろき》クン、上杉《うえすぎ》クン、小塚《こづか》クンは、余裕《よゆう》で第《だい》1志望《しぼう》の名門私立中学《めいもんしりつちゅうがく》に合格《ごうかく》。

私《わたし》は第《だい》3志望《しぼう》の私立中学《しりつちゅうがく》に、なんとか滑《すべ》り込《こ》みで合格《ごうかく》！

え？　若武《わかたけ》はどうしたかって？

……若武《わかたけ》は、なんと、サクラチル……。

私立《しりつ》は全部落《ぜんぶお》ちちゃって、公立中学《こうりつちゅうがく》に行《い》くことになったの。

若武《わかたけ》の実力《じつりょく》なら、黒木《くろき》クンたちと同《おな》じところにだって合格《ごうかく》できたはずなのに。さすが、調子《ちょうし》のいいときと悪《わる》いときの差《さ》が激《はげ》しい『ウェーブの若武《わかたけ》』。落《お》ち込《こ》んでいないといいんだけどな……。

中学生《ちゅうがくせい》になってしばらく経《た》ったけど、私《わたし》は探偵《たんてい》チームのみんなと連絡《れんらく》を取《と》っていなかった。

夏休《なつやす》みの講習《こうしゅう》が始《はじ》まるまで、塾《じゅく》には行《い》かなくていいってママに決《き》められちゃったから（お金《かね》がもったいないから、って理由《りゆう》）、塾《じゅく》で会《あ》うこともなくなっていた。だから、もう2か月近《げっちか》くみんなと会《あ》っていない。当然《とうぜん》だけど、『探偵《たんてい》チームKZ《カッズ》』も、活動休止《かつどうきゅうし》のままだった。

朝《あさ》の洗面所《せんめんじょ》でドライヤーをかけながら、私《わたし》はふと、4人《にん》のことを思《おも》い出《だ》していた。

元気《げんき》にしてるのかな……？　私《わたし》はスマホを持《も》ってないからメールできないし、電話《でんわ》するのも緊張《きんちょう》するし……。若武《わかたけ》も、

心配《しんぱい》だし……一応《いちおう》。

　すると、キンキンとした声《こえ》が飛《と》んできた。

「アーヤ！　早《はや》くしなさい！　奈子《なこ》も、裕樹《ゆうき》も、とっくに学校行《がっこうい》ったのよ！」

　鏡《かがみ》に向《む》かう私《わたし》の背後《はいご》に、眉間《みけん》に縦《たて》ジワをよせたママがぬっと現《あらわ》れた。

「は、はーい！」

　私《わたし》は玄関《げんかん》に準備《じゅんび》してあったカバンをつかんで、家《いえ》を出《で》た。


「おはよー。」

「おはよう。」

　浜田高校付属中学《はまだこうこうふぞくちゅうがく》の門《もん》が近《ちか》づくと、登校《とうこう》している生徒《せいと》たちの挨拶《あいさつ》があちこちから耳《みみ》に飛《と》び込《こ》んでくる。１年A組《ねんエーぐみ》。ここが、私《わたし》の教室《きょうしつ》だ。

　小学校《しょうがっこう》では、とうとうクラスになじめないまま卒業《そつぎょう》したけど、中学《ちゅうがく》でも私《わたし》はやっぱりクラスになじめていなかった。

　若武《わかたけ》の心配《しんぱい》してる場合《ばあい》じゃないかも、なんだよね……。

　まわりをそっと見回《みまわ》すと、もう女子《じょし》はいくつかのグループにくっきり分《わ》かれて、楽《たの》しそうにおしゃべりしている。

「菜穂《なほ》の髪《かみ》、きれいー。」

「そう？」

「それにいい香《かお》り!」

菜穂《なほ》、という子《こ》は、女子《じょし》のなかのリーダー的《てき》な存在《そんざい》だ。いつもあの子《こ》を中心《ちゅうしん》に女子《じょし》の輪《わ》ができてるし、いくつかある女子《じょし》のグループのなかでも、メンバーの数《かず》がいちばん多《おお》い。

「シャンプー新《あたら》しいのに替《か》えたの。」

菜穂《なほ》が言《い》うと、子分《こぶん》のようにくっついている女子《じょし》たちが、

「え、どんな、どんな? 教《おし》えてー。」

甘《あま》えたような声《こえ》を出《だ》している。

ああいう輪《わ》に入《はい》れないなぁ。入《はい》りたくもないけど……。私《わたし》はぼんやり眺《なが》めていた。

女子《じょし》のほかにも、じつは、気《き》が重《おも》い原因《げんいん》が、もうひとつあった。

私《わたし》は、となりの席《せき》をチラッと見《み》た。机《つくえ》に突《つ》っ伏《ぷ》して寝《ね》ているのは、砂原翔《すなはらかける》、という男子生徒《だんしせいと》だ。

中学《ちゅうがく》に入《はい》ってすぐに保護者《ほごしゃ》が集《あつ》まる懇談会《こんだんかい》があった。その懇談会《こんだんかい》から帰《かえ》ってきたママから、突然《とつぜん》、

「クラスに、砂原翔《すなはらかける》って子《こ》がいるんですって？」

と尋《たず》ねられた。そして、

「その子《こ》に近《ちか》づかないようにね。」

と、釘《くぎ》をさされたのだった。

「どうして⁉」

「かなりの不良《ふりょう》みたいだから。」

「不良《ふりょう》⁉」

「警察《けいさつ》に捕《つか》まったこともあるって噂《うわさ》よ。」

「ええ――――っ！」

でも、近《ちか》づくな、と言《い》われても、その砂原《すなはら》は私《わたし》のとなりの席《せき》だ。

授業《じゅぎょう》が始《はじ》まっても机《つくえ》に突《つ》っ伏《ぷ》したままの砂原《すなはら》に、先生《せんせい》が声《こえ》をかけた。

「砂原《すなはら》。授業中《じゅぎょうちゅう》に寝《ね》るんじゃない。」

その声《こえ》に目覚《めざ》めたように、砂原《すなはら》がようやく体《からだ》を起《お》こした。あ、目《め》があった。キリッとした目《め》が
やっぱり涼《すず》やか……と思《おも》う自分《じぶん》に気《き》づいて、私《わたし》はあわてて目《め》をそらした。

ママに言《い》われた通《とお》り、関《かか》わらないようにしなくっちゃ。


次《つぎ》の時間《じかん》。

ざわつく教室《きょうしつ》のなかで、私《わたし》はひとり教壇《きょうだん》に立《た》っていた。

「あの、先生方《せんせいがた》の研究会《けんきゅうかい》のため、月曜《げつよう》の時間割《じかんわ》りに変更《へんこう》があって……。」

誰《だれ》も私《わたし》のほうを向《む》いて、話《はなし》を聞《き》こうとしてくれない。

クラスになじめない極《きわ》め付《つ》きの原因《げんいん》。それは、私《わたし》がホームルーム長《ちょう》に指名《しめい》されたことだった。ルーム長《ちょう》は入試《にゅうし》の成績《せいせき》がよかった子《こ》が指名《しめい》されるって噂《うわさ》が流《なが》れちゃって、そのせいで、ますます孤《こ》立《りつ》した。

あの女子《じょし》グループのボスみたいな菜穂《なほ》に至《いた》っては、私《わたし》のほうを見向《みむ》きもせず、大声《おおごえ》で談笑《だんしょう》している。もう、やだ……。涙《なみだ》がじんわり滲《にじ》んできた。

そのとき突然誰《とつぜんだれ》かが、大《おお》きな音《おと》を立《た》てて立《た》ち上《あ》がった。砂原《すなはら》だった。

あまりに大《おお》きな音《おと》だったので、みんなぎょっとして、教室内《きょうしつない》が静《しず》まり返《かえ》った。

「おまえら、うるせぇよ。」

砂原《すなはら》は、騒《さわ》ぎの中心《ちゅうしん》になっていた菜《な》穂《ほ》をにらみながら、低《ひく》い声《こえ》でゆっくり言《い》い、

「静《しず》かにしろよ。わかったな。」

と、みんなを見回《みまわ》して、ストンと座《すわ》っ

た。

「ルーム長《ちょう》、議事《ぎじ》、進行《しんこう》しろよ。」

さっきの凄《すご》みのきいた様子《ようす》とは打《う》って変《か》わり、今度《こんど》は私《わたし》にさわやかな笑顔《えがお》を向《む》けてくれた。

「あ……、はい……。えっと、先生方《せんせいがた》の研究会《けんきゅうかい》で月曜《げつよう》の時間割《じかんわ》りが変《か》わりました――。」

私《わたし》は、砂原《すなはら》のおかげで無事《ぶじ》にホームルームを終《お》えることができた。

砂原《すなはら》は、私《わたし》のために、騒《さわ》ぐクラスメートを怒《おこ》ってくれた。クラスの誰《だれ》も味方《みかた》になってくれなかったのに、砂原《すなはら》だけが、味方《みかた》になってくれた。

砂原《すなはら》は、クラスの誰《だれ》からも声《こえ》をかけられず、避《さ》けられている。

でも、そんなに悪《わる》い人《ひと》じゃないかもしれない……。

教科書《きょうかしょ》を荒《あら》っぽくカバンに押《お》し込《こ》んで、教室《きょうしつ》を出《で》ていく砂原《すなはら》のうしろ姿《すがた》を目《め》で追《お》いながら、心《こころ》のなかで砂原《すなはら》に「ありがとう。」と言《い》った。

昇降口《しょうこうぐち》からグラウンドにつながる通路《つうろ》を歩《ある》いていると、誰《だれ》かの興奮《こうふん》したような声《こえ》が聞《き》こえてきた。

「KZ《カッズ》だ！」

「サッカーチームKZ《カッズ》が来《き》たぞ！　中等部《ちゅうとうぶ》がグラウンドで練習《れんしゅう》するらしいぞ！」

KZ《カッズ》、と聞《き》いて前《まえ》を向《む》くと、サッカーチームKZ《カッズ》の一団《いちだん》が自転車《じてんしゃ》でこちらに向《む》かってきているところだった。すでに野次馬《やじうま》が集《あつ》まり始《はじ》めている。

すると私《わたし》の前《まえ》に、１台《だい》の自転車《じてんしゃ》がキュッという音《おと》を立《た》てて止《と》まった。

「アーヤ。」

「黒木《くろき》クン！」

「そういえば、中学《ちゅうがく》ここだったんだ。その制服《せいふく》、よく似合《にあ》うよ。」

黒木《くろき》クンは校舎《こうしゃ》のほうに目《め》をやったあと、こちらを向《む》いてウインクした。

久々《ひさびさ》に黒木《くろき》クンらしいしぐさを見《み》て、私《わたし》は内心《ないしん》ちょっとうろたえながら、

「あ、う、うん。ありがとう……。」

小声《こごえ》でお礼《れい》を言《い》った。

背後《はいご》から、立花《たちばな》、という声《こえ》がした。

今度《こんど》は上杉《うえすぎ》クンだった。

「ちょうどよかった。明日土曜日《あしたどようび》だろ。若武《わかたけ》が、あいつんちに集《あつ》まれって言《い》ってるんだ。」

上杉《うえすぎ》クンが、ぶっきらぼうに言《い》った。

若武《わかたけ》んちに、みんなで、集《あつ》まる！

それはワクワクするお誘《さそ》いだった。

「じゃあな、明日《あした》な！」

ふたりを見送《みおく》ったあと、ハッとあたりを見渡《みわた》すと、私《わたし》はKZ《カッズ》見《み》たさに集《あつ》まった野次馬《やじうま》たちに遠巻《とおま》きにされ、注目《ちゅうもく》されていた。

やばい、私《わたし》、超目立《ちょうめだ》ってる……。

そーっとその場《ば》を去《さ》ろうとしたら、クラスの菜穂《なほ》と数人《すうにん》の女子《じょし》が立《た》ちはだかった。

「ふうーーん。KZ《カッズ》と知《し》り合《あ》いなんだ。生意気《なまいき》じゃん！」

菜穂《なほ》はあからさまに敵意《てきい》を剝《む》き出《だ》しにして私《わたし》の顔《かお》をにらんでいた。

私《わたし》、また目《め》をつけられちゃったよ……。

次《つぎ》の日《ひ》、私《わたし》は若武《わかたけ》の家《いえ》に自転車《じてんしゃ》を走《はし》らせていた。女子《じょし》のボスに目《め》をつけられたことなど、もうどうでもいいような気《き》がしていた。だって、探偵《たんてい》チームKZ《カッズ》が再《ふたた》び集合《しゅうごう》するんだから！

また、みんなといっしょに集《あつ》まれる嬉《うれ》しさで、私《わたし》の胸《むね》はいっぱいだった。

若武《わかたけ》の家《いえ》の門《もん》をくぐると、細《ほそ》くてしなやかな木《き》が目《め》に飛《と》び込《こ》んできた。

「なんの木《き》だろう……？」

「それは、オリーブだね。」

ひとりごとのつもりだったのに、すぐに答《こた》えが返《かえ》ってきた。小塚《こづか》クンだ！

「原産地《げんさんち》は地中海周辺《ちちゅうかいしゅうへん》、紀元前《きげんぜん》3000年《ねん》くらいのギリシャでは、もう栽培《さいばい》されていたと言《い》われているよ。」

「さすが、社会《しゃかい》と理科《りか》の天才《てんさい》、シャリの小塚《こづか》クン！」

「久《ひさ》しぶりだね、アーヤ。元気《げんき》だった？」

小塚《こづか》クンのうしろには、黒木《くろき》クンも上杉《うえすぎ》クンもいた。

「若武《わかたけ》は昨日《きのう》から寝込《ねこ》んでるんだ。女《おんな》の子《こ》にフラれたショックでね。」

「フラれたぁ――っ!?」

若武《わかたけ》に彼女《かのじょ》がいたことに驚《おどろ》いたけど、中学生活《ちゅうがくせいかつ》を満喫《まんきつ》しているみたいで、ちょっと安心《あんしん》した。でも……微妙《びみょう》に不愉快《ふゆかい》な気《き》がするのはなんでだろう。ちょっと悔《くや》しい気《き》がする自分《じぶん》に驚《おどろ》いたりして。

「ま、とにかく、なかに入《はい》ろうぜ。」

黒木《くろき》クンが、みんなを促《うなが》した。

じつは、若武《わかたけ》が寝込《ねこ》んだことが事件《じけん》の始《はじ》まりだったとは、このときの私《わたし》はまったく想像《そうぞう》していなかった。探偵《たんてい》チームKZ《カッズ》が遭遇《そうぐう》した中学生活最初《ちゅうがくせいかつさいしょ》の事件《じけん》。それは、この日《ひ》に幕《まく》を開《あ》けたのだった。

その2

若武《わかたけ》の部屋《へや》に入《はい》ると、若武《わかたけ》は頭《あたま》からシーツをかぶって隠《かく》れていた。

フラれて寝込《ねこ》んでかわいそうだねぇ、とみんながからかうように話《はな》しかけると、

「違《ちが》う！　順番《じゅんばん》が違《ちが》う！」

と、シーツに上半身《じょうはんしん》を潜《もぐ》り込《こ》ませたまま激《はげ》しく抗議《こうぎ》した。

「順番《じゅんばん》が違《ちが》うって、どういうこと？」

私《わたし》が尋《たず》ねると、

「女《おんな》の子《こ》にフラれたから寝込《ねこ》んでるんじゃない！　寝込《ねこ》んだから、フラれたんだ！」

なぞなぞみたいなことを言《い》う。シーツ越《ご》しの声《こえ》だから、なんだかモゴモゴしているけど。

「似《に》たようなもんだろ？」

黒木《くろき》クンが笑《わら》いを含《ふく》んだような声《こえ》で言《い》うと、

「全然違《ぜんぜんちが》うって！」

ここでようやくシーツから顔《かお》を出《だ》して、若武《わかたけ》がみんなの前《まえ》に現《あらわ》れ

た。その顔《かお》は、真《ま》っ赤《か》に腫《は》れて、無数《むすう》のブツブツが顔《かお》じゅうに吹《ふ》き出《で》ている。

「こんな顔《かお》で、デートできるかよ。」

発疹《ほっしん》だらけの顔《かお》をさらに膨《ふく》らませながら、若武《わかたけ》は観念《かんねん》したような声《こえ》で絞《しぼ》り出《だ》すように言《い》った。

「どうしたの⁉　その顔《かお》！」

あまりの変《か》わりように、私《わたし》は思《おも》わず声《こえ》を上《あ》げた。

「昨日《きのう》の朝《あさ》、鏡《かがみ》見たらこれだよ。で、週末《しゅうまつ》にデートできないって電話《でんわ》したら、理由《りゆう》も聞《き》かずに『さようなら。』だってよ！」

そんな理由《りゆう》でフラれたのか。なんだか、気《き》の毒《どく》。

医者《いしゃ》の診断《しんだん》の結果《けっか》は、アレルギー反応《はんのう》だという。

「じゃあ、それくらいで済《す》んでよかったじゃん。アレルギーって、すごく怖《こわ》いんだよ。一瞬《いっしゅん》でショックを起《お》こして死《し》ぬことだってあるんだから。」

アレルギーで死《し》ぬなんて、初耳《はつみみ》だった。小塚《こづか》クンが続《つづ》けた。

「だから一度《いちど》アレルギー症状《しょうじょう》が出《で》たら、原因《げんいん》を確《たし》かめておいて、それを避《さ》けるようにしないといけないんだ。」

「わかってるって。オレ、豚肉《ぶたにく》に弱《よわ》いんだ。」

若武《わかたけ》は軽《かる》く枕《まくら》を殴《なぐ》りながら、意外《いがい》なことを告白《こくはく》し始《はじ》めた。

若武《わかたけ》は豚肉《ぶたにく》アレルギーのため、食《た》べるものには気《き》をつけていること。

今回《こんかい》は、豚肉《ぶたにく》の入《はい》ったものを食《た》べた覚《おぼ》えがないこと。

食《た》べたもの全部《ぜんぶ》思《おも》い出《だ》してみたけど、やはり豚《ぶた》はなかったこと――。

そこまで話《はな》して、若武《わかたけ》は、思案《しあん》するような真剣《しんけん》な顔《かお》つきになった。

「でも、何《なに》かに豚肉《ぶたにく》が入《はい》っていた、ってことだよ。原因《げんいん》を突《つ》き止《と》めよう。」

小塚《こづか》クンが提案《ていあん》したので、私《わたし》は記録用《きろくよう》に用意《ようい》していた真新《まあたら》しいノートをカバンから取《と》り出《だ》した。

黒木《くろき》クンがヒュッと軽《かる》く口笛《くちぶえ》をふいて、やる気満々《きまんまん》だね、とにっこりした。

そう、私《わたし》はすっごく「やる気《き》」だ。記録係《きろくがかり》として自分《じぶん》の仕事《しごと》をきっちりこなし、みんなに仲間《なかま》として受《う》け入《い》れられたいから。じつはこのノートも、ずいぶん前《まえ》から用意《ようい》していたのだった。

「じゃあ、何《なに》を食《た》べたか、言《い》ってみて。」

「オッケー。フレンチトーストに、オムレツ……。」

私《わたし》たちは若武《わかたけ》の食《た》べたものを、ひとつひとつ検証《けんしょう》していった。

あ、ちなみに……なんだけど、若武《わかたけ》のお父《とう》さんは弁護士《べんごし》で、ニューヨークに駐在中《ちゅうざいちゅう》なんだって。それで、今《いま》、若武《わかたけ》の身《み》の回《まわ》りの世話《せわ》は、島崎《しまざき》さんというお手伝《てつだ》いさんがしてくれてるらしい。島崎《しまざき》さんは若武《わかたけ》のアレルギーのことを知《し》っているから、料理《りょうり》に豚肉《ぶたにく》を使《つか》ったりしない。すると、残《のこ》ったのは――

「目玉焼《めだまや》き入《い》りハンバーガー！」

「怪《あや》しいのは、これだね。」

みんなの意見《いけん》が一致《いっち》した。塾帰《じゅくがえ》りにお惣菜屋《そうざいや》さんで買《か》い食《ぐ》いしたのだという。

上杉《うえすぎ》クンがお茶《ちゃ》をひとくち、優雅《ゆうが》に啜《すす》り、

「豚《ぶた》が混《ま》ざってても、味《あじ》がはっきりとわからないのは、それだけだな。」

と推理《すいり》した。

「だけど、牛肉《ぎゅうにく》１００％《パーセント》って書《か》いてあったんだぜ！　だから買《か》ったんだもん。」

「しかし、現実《げんじつ》に若武《わかたけ》にアレルギー症状《しょうじょう》が出《で》た。ということは、豚《ぶた》が混《ま》ざっていたということだろ。」

「そりゃあ……。」

若武《わかたけ》の反論《はんろん》には力《ちから》がなかった。

「豚《ぶた》が混《ま》ざったハンバーガーを、牛肉《ぎゅうにく》１００％《パーセント》と偽《いつわ》って売《う》るのは問題《もんだい》だ。」

黒木《くろき》クンの意見《いけん》に同感《どうかん》だった。上杉《うえすぎ》クンも、

「責任《せきにん》の所在《しょざい》をハッキリさせようぜ。」

とうなずいた。

「よし、捜査開始《そうさかいし》！」

若武《わかたけ》の号令《ごうれい》とともに始《はじ》まった中学最初《ちゅうがくさいしょ》の事件《じけん》。それがこの、卵《たまご》ハンバーグ事件《じけん》だった。

黒木《くろき》クンの情報網《じょうほうもう》によると、若武《わかたけ》が買《か》い食《ぐ》いした惣菜屋《そうざいや》は、冷凍食品工場《れいとうしょくひんこうじょう》からハンバーグを仕入《しい》れているらしかった。

ということは、豚《ぶた》が混《ま》ざるとしたら、その工場《こうじょう》ってことになる。

「でも、普通《ふつう》はちゃんとアレルギーのことも考《かんが》えて、違《ちが》う食品同士《しょくひんどうし》が混《ま》ざったりしないようにラインを分《わ》けているはずだよ。」

小塚《こづか》クンが首《くび》を傾《かし》げる。

「分《わ》けているはず、って言《い》っても、現《げん》に混《ま》ざってる！　オレがその証拠《しょうこ》だ！　黒木《くろき》、そのハンバーグを作《つく》っている冷凍食品工場《れいとうしょくひんこうじょう》を調《しら》べてくれ！」

「もう調《しら》べてある。砂原《すなはら》ミート株式会社《かぶしきがいしゃ》だ。」

間髪《かんはつ》を入《い》れず黒木《くろき》クンが答《こた》えた。さすが黒木《くろき》クンだ。情報《じょうほう》ネットワークがすごい。

砂原《すなはら》、と聞《き》いて、若武《わかたけ》が「ん？」という顔《かお》をした。

「砂原《すなはら》って、もしかして、あの砂原《すなはら》の？」

「あたり。」

とたんに、若武《わかたけ》と黒木《くろき》クンだけでなく、上杉《うえすぎ》クンと小塚《こづか》クンの表情《ひょうじょう》も硬《かた》くなった。

「砂原《すなはら》？　同《おな》じクラスに、砂原《すなはら》って名前《なまえ》の子《こ》がいるんだけど……？」

私《わたし》の話《はなし》に、4人《にん》がぎょっとしたように身《み》を乗《の》り出《だ》した。

「もしかして、砂原《すなはら》……翔《かける》？」

「そうだけど。」

「そいつの父親《ちちおや》が、砂原《すなはら》ミートの社長《しゃちょう》だ！」

「え？」

「砂原翔《すなはらかける》も、去年《きょねん》までサッカーチームKZ《カッズ》のメンバーだったんだ。」

「去年《きょねん》まで？」

「あいつは去年《きょねん》、大人《おとな》を病院送《びょういんおく》りにして、警察沙汰《けいさつざた》になったんだ。その事件《じけん》のとばっちりで、オレたちのサッカーチームは、何試合《なんしあい》も出場《しゅつじょう》を辞退《じたい》するはめになった。大切《たいせつ》な試合《しあい》もあったんだけどな。砂原《すなはら》はそれで結局《けっきょく》、サッカーチームも塾《じゅく》もやめることになったんだ。」

若武《わかたけ》は私《わたし》の目《め》をまっすぐ見《み》て、力《ちから》のこもった声《こえ》で命令《めいれい》した。

「いいな、あいつは不良《ふりょう》だ。あいつには近《ちか》づくな！」

ずいぶん威圧的《いあってき》な言《い》い方《かた》だった。でも、昨年砂原《さくねんすなはら》に何《なに》があったのかはわからないけれど、砂原《すなはら》は困《こま》っている私《わたし》をかばってくれたことに変《か》わりはない。

「私《わたし》のプライベートに口出《くちだ》さないでよ。若武《わかたけ》だって、デートの約束《やくそく》してたくせに、私《わたし》に口出《くちだ》しするなんて、おかしいんじゃない⁉」

こう言《い》い返《かえ》したら、若武《わかたけ》と口論《こうろん》になった。

「オレの相手《あいて》は砂原《すなはら》みたいな不良《ふりょう》じゃないんだ、いっしょにするな！」

「私《わたし》だっていっしょにされたくない。理由《りゆう》も聞《き》かずに簡単《かんたん》に男《おとこ》をフル

ような軽《かる》い女《おんな》と、私《わたし》のクラスメートを！」

「なんだ、やきもちか？」

「な、何《なに》言《い》ってんの！」

黒木《くろき》クンが、にらみ合《あ》っている若武《わかたけ》と私《わたし》の間《あいだ》に割《わ》って入《はい》った。

「ふたりとも、熱《あつ》くなりすぎだよ。」

でも私《わたし》は、この場《ば》にいることが我慢《がまん》できなくなって、ノートをバタン！　と音《おと》をたてて閉《と》じると、カバンに放《ほう》り込《こ》んだ。

「私《わたし》、帰《かえ》る！」

こう言《い》い放《はな》つと勢《いきお》いがつき、さらに言《い》ってしまった。

「もう二度《にど》と来《こ》ないから！」

みんな唖然《あぜん》とした表情《ひょうじょう》をしたけれど、もうあとには引《ひ》けなかった。

ドアを開《あ》けて若武《わかたけ》の家《いえ》を出《で》た。

もう、いやだ。探偵《たんてい》チームなんか、やめてやる！　ぜったい、やめてやるんだから！　バカ！

猛烈《もうれつ》に自転車《じてんしゃ》のペダルを踏《ふ》み続《つづ》けたおかげで、あっという間《ま》に家《いえ》に着《つ》いた。

私《わたし》は自分《じぶん》の部屋《へや》に駆《か》け込《こ》むと、すぐさま真新《まあたら》しいノートをゴミ箱《ばこ》に放《ほう》り込《こ》んだ。

それから何日《なんにち》たっても、みんなから連絡《れんらく》はなかった。

　私《わたし》は、探偵《たんてい》チームが私《わたし》にとって、想像以上《そうぞういじょう》に大切《たいせつ》な居場所《いばしょ》であったことを日増《ひま》しに実感《じっかん》していた。そして、それを失《うしな》ってしまったことも……。

　重《おも》い気分《きぶん》を引《ひ》きずったまま、いつものようにホームルームの進行《しんこう》をしていると、最後《さいご》になって女《じょ》子《し》グループの大《おお》ボス・武田菜穂《たけだなほ》が「はーい！」と勢《いきお》いよく手《て》を挙《あ》げた。

　指名《しめい》すると、菜穂《なほ》はニヤニヤ笑《わら》いながらこう言《い》った。

「ホームルームの司会《しかい》のしかたが悪《わる》くて、わかりにくいと思《おも》いまーす。」

　菜穂《なほ》は、してやったり、と言《い》いたげに得意《とくい》そうな顔《かお》をしていた。取《と》り巻《ま》きの女子《じょし》たちも、こちらを見《み》ながらニヤニヤ笑《わら》っている。

　でも、私《わたし》には、顔《かお》を赤《あか》らめたり青《あお》ざめたり、しどろもどろになって恥《は》ずかしそうにする、なんて反応《はんのう》する余裕《よゆう》はなかった。探偵《たんてい》チームという大事《だいじ》な居場所《いばしょ》を失《うしな》ったことについて頭《あたま》がいっぱいだったから。こういう意地悪《いじわる》は、正直《しょうじき》どうでもよかった。

「そうですか。では、どのように変《か》えればいいのか、案《あん》を出《だ》してみてください。みんなで考《かんが》えていくのがいいと思《おも》います。」

　事務的《じむてき》な口調《くちょう》で淡々《たんたん》と答《こた》えた。すると私《わたし》の反応《はんのう》が予想外《よそうがい》だったのか、菜穂《なほ》は悔《くや》しそうに、

「……考《かんが》えておきます。」

と答《こた》え、ホームルームが終《お》わると憤慨《ふんがい》したように教室《きょうしつ》を出《で》ていった。

　帰《かえ》り支度《じたく》をしていると、隣《となり》の席《せき》の砂原《すなはら》が、

「立花《たちばな》。」

と話《はな》しかけてきた。

「おい、立花《たちばな》。やるじゃん、武田《たけだ》のやつ、何《なに》も言《い》い返《かえ》せなくなってたぜ。」

砂原《すなはら》は顔《かお》の前《まえ》で右手《みぎて》の親指《おやゆび》を立《た》てた。

やっぱり砂原《すなはら》は、悪《わる》い人《ひと》なんかじゃない、と改《あらた》めて思《おも》う。思《おも》わずじっと砂原《すなはら》を見《み》つめていると、

「……どうかしたのか？」

「あ、えっと、その……友《とも》だちが豚肉《ぶたにく》アレルギーで、ちょっと寝込《ねこ》んで、あ、もう大丈夫《だいじょうぶ》なんだけど、心配《しんぱい》だったんで。」

ごまかした。砂原《すなはら》は、はい、と紙片《しへん》を私《わたし》に投《な》げてよこした。

「オレの携帯番号《けいたいばんごう》。何《なに》かあったら、いつでもかけてこいよ。」

そう言《い》い残《のこ》して、砂原《すなはら》は教室《きょうしつ》を出《で》ていった。

ボールペンで丁寧《ていねい》に数字《すうじ》が書《か》かれている紙片《しへん》を、私《わたし》は戸惑《とまど》いながらしばらくじっと見《み》つめていた。

その3

夜《よる》、勉強《べんきょう》していると家《いえ》の電話《でんわ》が鳴《な》った。

ママに呼《よ》ばれ、玄関脇《げんかんわき》に置《お》かれた固定電話《こていでんわ》の受話器《じゅわき》を握《にぎ》ると、

「アーヤ、ボクだよ。」

小塚《こづか》クンの声《こえ》が聞《き》こえた。私《わたし》は飛《と》び上《あ》がるくらい嬉《うれ》しかったけど、それを悟《さと》られるのが恥《は》ずかしくて、わざと平静《へいせい》を装《よそお》った。

「小塚《こづか》クン。何《なに》か用《よう》？」

いつもより、ずっと低《ひく》い声《こえ》のトーンで言《い》った。

「うん、若武《わかたけ》から集合《しゅうごう》がかかったんだ。明日《あした》は土曜日《どようび》だけど、2時《じ》に、若武《わかたけ》の家《いえ》に来《こ》られる？」

「たぶん、大丈夫《だいじょうぶ》だと思《おも》う。」

「よかった、みんな喜《よろこ》ぶよ。」

「ふーん。そう。じゃあね。」

無愛想《ぶあいそう》なくらい、すぐに電話《でんわ》を切《き》った。けど、本当《ほんとう》はそこらじゅう飛《と》び跳《は》ねたいくらいに嬉《うれ》しかったんだ。だって、またみんなに会《あ》えるんだもん！

小塚《こづか》クンは、「みんな喜《よろこ》ぶよ。」って言《い》っていたけど、いちばん喜《よろこ》んでいるのは……私《わたし》だと思《おも》う。

電話《でんわ》を切《き》ると私《わたし》は2階《かい》にある自分《じぶん》の部屋《へや》に駆《か》け上《あ》がった。そして、若武《わかたけ》と口論《こうろん》した日《ひ》にゴミ箱《ばこ》に捨《す》てたノートを、机《つくえ》に広《ひろ》げた。あのあと、そっとゴミ箱《ばこ》から拾《ひろ》い、机《つくえ》のなかに再《ふたた》びしまっておいたのだった。

あまりにも嬉《うれ》しくて、私《わたし》は小《ちい》さい声《こえ》で何度《なんど》もバンザイ！を繰《く》り返《かえ》し言《い》ってみた。

またみんなと会《あ》える！　失《な》くしたと思《おも》っていた大切《たいせつ》な居《い》場所《ばしょ》。大切《たいせつ》な仲間《なかま》たち。あのメンバーと再《ふたた》び集《つど》えることがほんとに嬉《うれ》しくてたまらなかった。

土曜日《どようび》、若武《わかたけ》の家《いえ》に着《つ》くと、今度《こんど》は書斎《しょさい》に通《とお》された。天《てん》井《じょう》まである書架《しょか》。アンティークの大《おお》きな机《つくえ》。こういう部屋《へや》を、本格的《ほんかくてき》っていうんだろうな。ニューヨークに行《い》っている、若武《わかたけ》のお父《とう》さんの部屋《へや》らしかった。

「さて諸君《しょくん》、会議《かいぎ》を始《はじ》めよう。」

若武《わかたけ》がアンティーク調《ちょう》の立派《りっぱ》な肘掛《ひじか》け椅子《いす》に腰掛《こしか》けて、足《あし》を組《く》みながら大《おお》げさな感《かん》じで言《い》った。

「おまえがいない間《あいだ》に、オレたちは調査《ちょうさ》をすすめた。それ

を発表《はっぴょう》するから、まとめてくれ。」

私《わたし》は拍子《ひょうし》抜《ぬ》けした。もう調査《ちょうさ》してたんだ⁉

「黒木《くろき》が、アーヤの怒《いか》りは1週間《しゅうかん》もすれば静《しず》まるから、大丈夫《だいじょうぶ》って言《い》うからさ。その間《あいだ》に。」

小塚《こづか》クンが遠慮《えんりょ》がちに私《わたし》の顔《かお》を見《み》ながら言《い》った。

どうやら黒木《くろき》クンに女心《おんなごころ》をすっかり見透《みす》かされていたようだった。みんなの態度《たいど》も、いつもと同《おな》じで、「もう二度《にど》と会《あ》えないかも。」と思《おも》っていたのが嘘《うそ》みたいだ。

「調査《ちょうさ》が終《お》わってるんだったら、どうして私《わたし》を呼《よ》んだの？」

私《わたし》は自分《じぶん》の役割《やくわり》まで終《お》わっちゃった気《き》がして、がっかりしながら尋《たず》ねた。

「だって、アーヤがいなかったら誰《だれ》がレポートをまとめるの？」

「国語《こくご》のエキスパートだろ。」

「記録係《きろくがかり》はアーヤしかいないからね。」

みんなの声《こえ》が嬉《うれ》しかった。そうだった、私《わたし》は私《わたし》のやるべきことをやるんだ。それが、仲間《なかま》として認《みと》められることだし、自分《じぶん》の大《たい》切《せつ》な居場所《いばしょ》を守《まも》るためにも、大事《だいじ》なことなんだ。頑張《がんば》らなきゃ。

私《わたし》は鉛筆《えんぴつ》をぎゅっと握《にぎ》り、

「いいよ、始《はじ》めて。」

私《わたし》も若武《わかたけ》に負《ま》けないくらい、重々《おもおも》しい声《こえ》で会議《かいぎ》のゴーサインを

出《だ》した。

まず黒木《くろき》クンが、事件《じけん》の概要《がいよう》と調査《ちょうさ》の経過《けいか》を話《はな》し始《はじ》めた。

「砂原《すなはら》ミートの冷凍食品工場《れいとうしょくひんこうじょう》から出荷《しゅっか》された牛肉《ぎゅうにく》１００％《パーセント》ハンバーグに、豚肉《ぶたにく》が混《ま》じっていた疑《うたが》いがある。そこでオレたちは実地調査《じっちちょうさ》を行《おこな》った。実際《じっさい》に砂原《すなはら》ミートが販売《はんばい》しているハンバーグを、いくつかの店《みせ》で買《か》ったんだ。もちろん全部《ぜんぶ》は買《か》えないが、計算上《けいさんじょう》サンプルは１００個《こ》もあれば十分《じゅうぶん》だ。」

ひゃ、１００個《こ》……。私《わたし》はハンバーグが１００個《こ》テーブルに並《なら》んでいる壮観《そうかん》な様子《ようす》を想像《そうぞう》した。

「そのサンプルを、父《ちち》の知《し》り合《あ》いの研究室《けんきゅうしつ》に持《も》ち込《こ》んで、DNA《ディーエヌエー》を抽出《ちゅうしゅつ》してもらうことにした。」

これがDNA《ディーエヌエー》解析《かいせき》の結果《けっか》だよ、と言《い》いながら小塚《こづか》クンが見《み》せてくれたのは、びっしりと数字《すうじ》と図表《ずひょう》が書《か》き込《こ》まれたプリントだった。

難《むずか》しい用語《ようご》と細《こま》かな数値《すうち》が、いったい何《なに》を意味《いみ》するのかさっぱりわからない。

「この調査《ちょうさ》によると、１００個《こ》のサンプルのうちのほとんどが牛肉《ぎゅうにく》１００％《パーセント》だった。でも、いくつか、違《ちが》う結果《けっか》が出《で》たものがある。そう、少量《しょうりょう》だけど、豚肉《ぶたにく》が混《ま》じっていたんだ！」

小塚《こづか》クンが結論《けつろん》をわかりやすく言《い》うと、

「な、オレの体《からだ》は正直《しょうじき》だっただろ！」

若武《わかたけ》が見当違《けんとうちが》いな自慢《じまん》をしてたけど、「そのへん、自慢《じまん》するところかよ？」と黒木《くろき》クンに一蹴《いっしゅう》されていた。

「工場《こうじょう》で作《つく》られているハンバーグのほとんどは牛肉《ぎゅうにく》１００％《パーセント》のものだ。だけど、割合《わりあい》はわからないけど、豚肉《ぶたにく》が混《ま》ざったハンバーグがあるのは、これで確実《かくじつ》だよ。」

問題《もんだい》は、どこで豚肉《ぶたにく》が混入《こんにゅう》したのか、だった。

「どうしてだろう？　事故《じこ》かな？」

私《わたし》の問《と》いかけを、黒木《くろき》クンが否定《ひてい》した。

「いや、工場《こうじょう》の従業員《じゅうぎょういん》に話《はなし》を聞《き》いたが、製造《せいぞう》ラインは完全《かんぜん》に分《わ》けられている。つまり、ほかのラインの食材《しょくざい》が事故《じこ》で混《ま》ざることはないんだ。」

「だったら……。」

私《わたし》は別《べつ》の可能性《かのうせい》を考《かんが》えた。

「お肉《にく》が工場《こうじょう》に届《とど》く前《まえ》に混《ま》ざった？」

「いい推理《すいり》だ！　アーヤ、そう、怪《あや》しいやつがひとりいたのさ！」

若武《わかたけ》らは、仕入《しい》れた肉《にく》を砂原《すなはら》ミートへと運《はこ》ぶルートを調《しら》べたらしかった。そのとき浮《う》かんできた

のが、ひとりの男《おとこ》。

「ハンバーグの材料《ざいりょう》を工場《こうじょう》に運《はこ》んでいる男《おとこ》で、よくサボったりしている、評判《ひょうばん》のあまりよくないやつだ。オレらはそいつを、何日《なんにち》もかけて見張《みは》ったんだ。すると、その男《おとこ》は、いつも路肩《ろかた》にトラックをとめてサボっていた。そして、ときどき荷台《にだい》に入《はい》って、何《なに》かをしていた。」

上杉《うえすぎ》クンの話《はなし》を、小塚《こづか》クンがひきとった。

「遠《とお》くてはっきりとは見《み》えなかったけど、荷台《にだい》のなかで、何《なに》かしてたんだ。牛肉《ぎゅうにく》と豚肉《ぶたにく》を混《ま》ぜていたのかもしれない。」

犯人《はんにん》が車《くるま》の荷台《にだい》で肉《にく》を混《ま》ぜている姿《すがた》を想像《そうぞう》すると、ずいぶん気持《きも》ち悪《わる》い。

「うわぁ、ヤだなぁ……。」

それにしても、この短時間《たんじかん》でこの調査力《ちょうさりょく》はすごいと思《おも》う。さすが探偵《たんてい》チームKZ《カッズ》！

今《いま》の話《はなし》をノートにまとめて若武《わかたけ》に渡《わた》すと、若武《わかたけ》は数《すう》ページ眺《なが》めたあとずいぶん感心《かんしん》した様子《ようす》で、

「わかりやすくキレイにまとまってる。さすがアーヤだ！」

最上級《さいじょうきゅう》の褒《ほ》め言葉《ことば》を連発《れんぱつ》してくれた。

「このレポートと小塚《こづか》のデータを警察《けいさつ》と保健所《ほけんじょ》に提出《ていしゅつ》する。それで、しっかり調《しら》べてくれるだろう。」

若武《わかたけ》が今後《こんご》のプランを話《はな》し出《だ》した。

「それと！」

一呼吸《ひとこきゅう》おいて、みんなの顔《かお》を眺《なが》めると、さっきより一《いち》段高《だんたか》い声《こえ》で、

「この部屋《へや》にマスコミを集《あつ》めて、記者会見《きしゃかいけん》を開《ひら》く！」

と宣言《せんげん》した。若武《わかたけ》は記者《きしゃ》に囲《かこ》まれたりカメラで撮影《さつえい》されている自分《じぶん》の姿《すがた》を想像《そうぞう》しているらしく、うっとりしながら、

「事件《じけん》を解決《かいけつ》できたのは、探偵《たんてい》チームKZ《カッズ》のおかげです！　って、新聞《しんぶん》やテレビに出《で》ちゃうぜ！　オレたち、英雄《えいゆう》に――。」

みんなは、また始《はじ》まったよ、という顔《かお》をして、

「早《はや》く警察《けいさつ》に。」

「そうだよ、若武《わかたけ》みたいな被害者《ひがいしゃ》が出《で》る前《まえ》にね。」

若武《わかたけ》とは違《ちが》い、現実的《げんじつてき》な意見《いけん》を口々《くちぐち》に言《い》っていた。

私《わたし》はふと、砂原《すなはら》のことが気《き》になった。

「ね……砂原《すなはら》ミートは、どうなるのかな？」

「犯人《はんにん》はそれ相応《そうおう》の罰《ばつ》を受《う》けるだろうし、砂原《すなはら》ミート

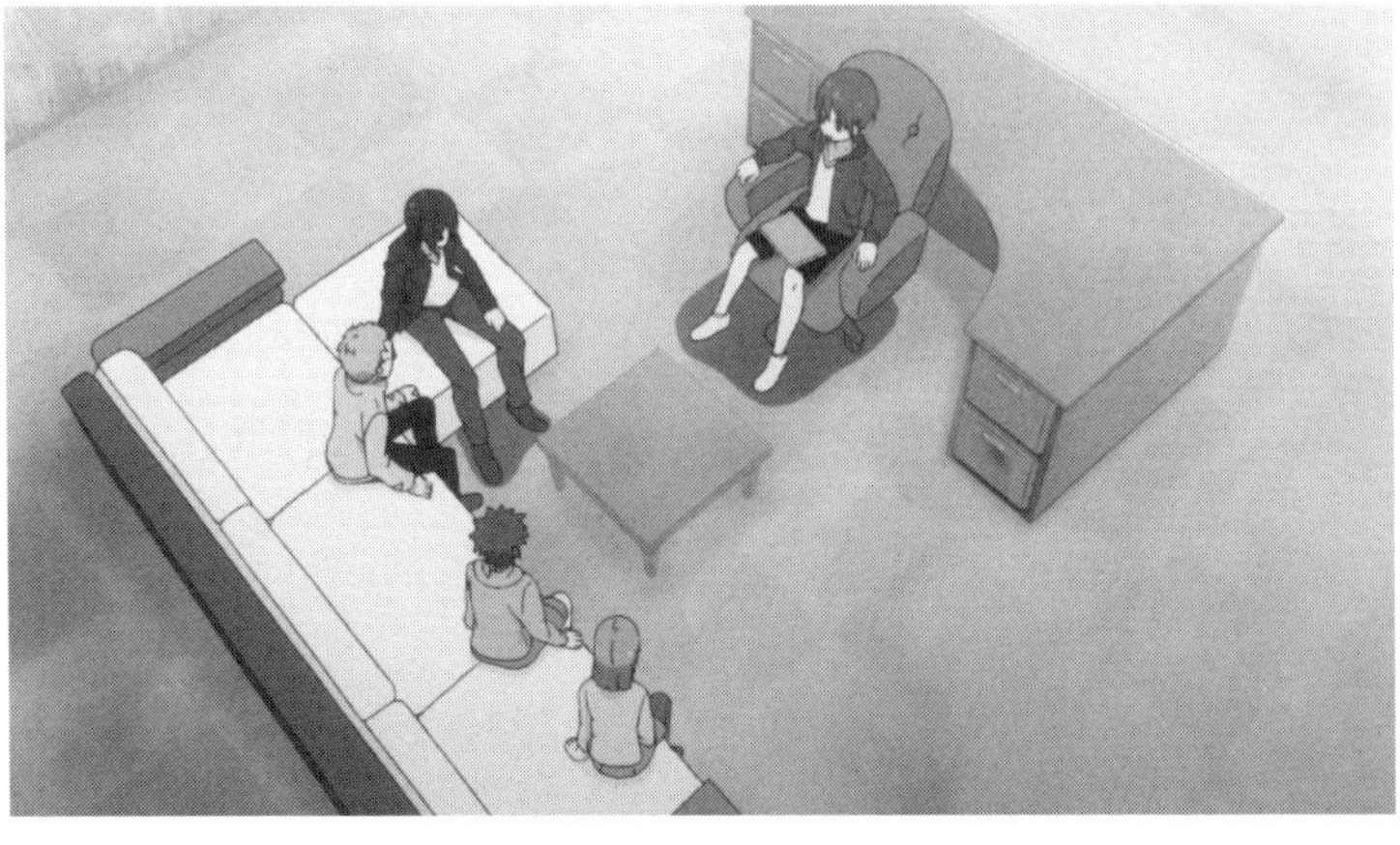

は、食品衛生法《しょくひんえいせいほう》ってものがあるから……、営業停止処分《えいぎょうていししょぶん》かな？」

小塚《こづか》クンの予想《よそう》に、黒木《くろき》クンが付《つ》け足《た》した。

「そうすると……、倒産《とうさん》するかもしれないな。調《しら》べてみたら、砂原《すなはら》ミートは多額《たがく》の借金《しゃっきん》もあり、今《いま》の経営《けいえい》は自転車操業《じてんしゃそうぎょう》だ。営業停止《えいぎょうていし》になったら、収入《しゅうにゅう》がなくなるから——。」

「倒産《とうさん》……。それって、大変《たいへん》なことになるよね。なんだか、砂原《すなはら》、かわいそう。なんにも悪《わる》いことしてないのに。」

私《わたし》たちは、砂原《すなはら》の大切《たいせつ》な家《いえ》を壊《こわ》そうとしているのかもしれない……とも思《おも》った。

「あんなやつ、かわいそうなんて思《おも》う必要《ひつよう》ねぇだろ！」

若武《わかたけ》と上杉《うえすぎ》クンは、あいかわらず砂原《すなはら》に手厳《てきび》しい。

「不良《ふりょう》だからな。」

でも。

「ただのイタズラかもしれないんだし、それで倒産《とうさん》なんて。」

「いや、これは犯罪《はんざい》なんだぞ？」

若武《わかたけ》とは、また言《い》い争《あらそ》いになりそうだった。

そのとき、突然小塚《とつぜんこづか》クンが私《わたし》に聞《き》いた。

「アーヤは、ハインリッヒの法則《ほうそく》って知《し》ってる？」

ハインリッヒなんて、聞《き》いたことがない。

「大《おお》きな事故《じこ》の前《まえ》には、小《ちい》さな事故《じこ》がいくつか起《お》きているってこと。この事件《じけん》も同《おな》じ。今《いま》は、小《ちい》さなイタズラだったとしても、いつか取《と》り返《かえ》しのつかないことになるかもしれない。そうなってからじゃ、遅《おそ》いよ。」

「実際《じっさい》にオレはアレルギー反応《はんのう》で寝込《ねこ》んだわけだし。」

「そう、もっと悪《わる》いことになっていたかもしれない。」

黒木《くろき》クンまで若武《わかたけ》に加勢《かせい》した。

でも、砂原《すなはら》は——誰《だれ》も私《わたし》を助《たす》けてくれなかったときに、助《たす》けてくれた恩人《おんじん》だ。

私《わたし》は砂原《すなはら》と話《はな》そう、と思《おも》った。

「少《すこ》しだけ時間《じかん》をちょうだい。せめて、事前《じぜん》に教《おし》えてあげたいんだ。……ショックだと思《おも》うから。」

お願《ねが》い！　と4人《にん》に深《ふか》く頭《あたま》を下《さ》げた。

「アーヤがそこまで言《い》うんなら。」

「ちっ、しかたねーな。」

私《わたし》の勢《いきお》いに押《お》されて、みんなからお許《ゆる》しが出《で》た。

だが、と上杉《うえすぎ》クンが眼鏡《めがね》を光《ひか》らせて私《わたし》の顔《かお》をじっと見《み》た。

「砂原《すなはら》に会《あ》うときは、ついていくから。」

私《わたし》はぎょっとして上杉《うえすぎ》クンの顔《かお》を見《み》た。

見《み》ると、ほかの3人《にん》も大《おお》きくうなずいている。

「立花《たちばな》と違《ちが》って、オレは砂原《すなはら》を信用《しんよう》していない。何《なに》かあったら、おまえはオレが必《かなら》ず守《まも》るから。」

いつもクールな「数《かず》の上杉《うえすぎ》」クンが、「何《なに》かあったら守《まも》る。」なんてこと言《い》うなんて。ちょっとドキドキする。

上杉《うえすぎ》クンの顔《かお》をじっと見《み》ていると、

「なんだよ。」

と眼鏡《めがね》に手《て》をかけながら、「男《おとこ》にはメンツってものがあるんだよ。」

と、目《め》をそらした。

砂原《すなはら》には、公衆電話《こうしゅうでんわ》から電話《でんわ》をかけた。

これから、会《あ》える？　と尋《たず》ねると、砂原《すなはら》は、すぐに「いいよ、どこ？」と返事《へんじ》をくれた。

私《わたし》は、私《わたし》を助《たす》けてくれた砂原《すなはら》のために、どうしても、何《なに》かをしたかった。

その4

学校《がっこう》近《ちか》くの公園《こうえん》で、ひとりブランコに揺《ゆ》られていると、地面《じめん》に人《ひと》の影《かげ》が映《うつ》った。

「待《ま》ったか？」

砂原《すなはら》は、おだやかな表情《ひょうじょう》をしていた。学校《がっこう》のときの、誰《だれ》も寄《よ》せ付《つ》けないようなキツイ雰囲気《ふんいき》はどこにもなくて、それはまったく別人《べつじん》のようだった。

砂原《すなはら》は、私《わたし》と並《なら》んでブランコに座《すわ》った。

「で、話《はなし》って？」

私《わたし》の顔《かお》をのぞきこんでくる。きれいな目《め》に吸《す》い込《こ》まれそう。ああ、余計《よけい》に言《い》いにくい……。

「砂原《すなはら》ミートのことなんだけど。」

私《わたし》は、やっとの思《おも》いで切《き》り出《だ》した。私《わたし》は、砂原《すなはら》が聞《き》きたくない話《はなし》をしなくてはいけなかった。だけど、それは、私《わたし》が砂原《すなはら》にしてあげられる精一杯《せいいっぱい》のことでもあった。

「前《まえ》に言《い》ったよね。私《わたし》の友《とも》だちが、豚肉《ぶたにく》アレルギーで寝込《ねこ》んじゃっ

たって。じつはそのハンバーグは、砂原《すなはら》ミートで作《つく》られたものなの。」

「………」

「どういうことかというと――。」

私《わたし》は、豚肉《ぶたにく》アレルギーのこと、ハンバーグを調《しら》べたこと、証拠《しょうこ》、すべてを砂原《すなはら》に話《はな》した。

もうすぐ日暮《ひぐ》れだった。

砂場《すなば》で遊《あそ》んでいた子《こ》どもたちが歓声《かんせい》を上《あ》げ、じゃあまた明日《あした》ねーと約束《やくそく》して帰《かえ》っていった。

薄暗《うすぐら》くなった公園《こうえん》で、砂原《すなはら》はゆっくりとブランコを漕《こ》ぎ出《だ》した。チェーンが大《おお》きな音《おと》を立《た》て、金《きん》属《ぞく》がこすれるような、軋《きし》む音《おと》がする。それはまるで、砂原《すなはら》の心《こころ》のようだった。

「オレが前《まえ》に警察《けいさつ》に引《ひ》っぱられたことがあるって、知《し》ってるか？」

「う、うん……。」

「オレが怪我《けが》させた相手《あいて》は、その運転手《うんてんしゅ》だよ。」

「え……？」

砂原《すなはら》は、ゆっくりブランコを漕《こ》ぎ、前《まえ》を向《む》いたまま話《はなし》を始《はじ》めた。

「昔《むかし》から、すぐサボったり、文句《もんく》ばっかり言《い》ったり、ダメなやつだったんだけど、親父《おやじ》は見捨《みす》てないで働《はたら》かせていたんだ。だけど、自分《じぶん》の人生《じんせい》がつまらないのを仕事《しごと》のせいにして、その憂《う》さ晴《ば》らしに、親父《おやじ》の車《くるま》をパンクさせたりした。」

私《わたし》は返事《へんじ》ができなかった。

「オレは、やつがパンクさせている現場《げんば》を目撃《もくげき》したんだ。それで、とめようとして、揉《も》み合《あ》いになって……。振《ふ》り払《はら》ったはずみで、怪我《けが》をさせてしまった。」

「そうだったんだ……。」

「それでも親父《おやじ》は、いつか心《こころ》を入《い》れかえてくれるって、そいつをクビにしたりせず、会社《かいしゃ》に残《のこ》した……。」

「砂原《すなはら》のお父《とう》さん、いい人《ひと》なんだね。」

私《わたし》がそう言《い》うと、ようやく砂原《すなはら》が少《すこ》しだけ顔《かお》を上《うえ》に向《む》けた。

「自慢《じまん》の親父《おやじ》さ。でも……、お人好《ひとよ》しすぎるよな。そうか、またあいつ、不満《ふまん》のはけ口《ぐち》に、こんどはそんなひどいことを。」

砂原《すなはら》が大《おお》きく揺《ゆ》らすたび、ブランコは大《おお》きな音《おと》をたてた。私《わたし》は言《い》った。

「……本人《ほんにん》はイタズラのつもりかもしれない。でも、それが重大《じゅうだい》な問題《もんだい》につながっていくんだ。」

砂原《すなはら》は黙《だま》って聞《き》いている。

「私《わたし》、本当《ほんとう》にそうかもしれないなって思《おも》う。人間《にんげん》って、悪《わる》いことをすると知《し》らない間《あいだ》に心《こころ》が腐《くさ》ってしまうって思《おも》

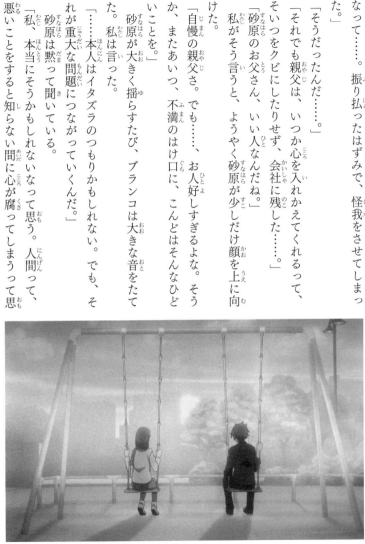

うの。ちょっとだけ、って思《おも》っても、腐《くさ》り始《はじ》めたら、どんどん広《ひろ》がっちゃうのかも。」

砂原《すなはら》は急《きゅう》にブランコをとめ、

「心《こころ》が腐《くさ》る……か。」

と、繰《く》り返《かえ》した。そして突然《とつぜん》、私《わたし》のほうに向《む》くと、じっと私《わたし》を見《み》つめ質問《しつもん》してきた。

「おまえの友《とも》だちって、何人《なんにん》いるんだよ。」

「え……？　4人《にん》、かな。」

「じゃ、オレも入《い》れて5人《にん》だな。」

砂原《すなはら》は、最初《さいしょ》に現《あらわ》れたときのおだやかな表情《ひょうじょう》を取《と》り戻《もど》していた。

「友《とも》だちは何人《なんにん》？　って聞《き》かれたら、これからは、5人《にん》、って言《い》うんだぞ。約束《やくそく》しろよ。」

そして、何《なに》かを決意《けつい》したかのように、すっきりとした顔《かお》でこう言《い》った。

「警察《けいさつ》や保健所《ほけんじょ》に連絡《れんらく》するのは、明日《あした》の朝《あさ》まで待《ま》ってくれるか。」

「う、うん。」

私《わたし》は急《いそ》いでうなずいた。

「5人《にん》だからな。忘《わす》れるなよ。おまえの友《とも》だちは5人《にん》。」

砂原《すなはら》は、ブランコから飛《と》び降《お》り、じゃあな、と片手《かたて》をあげた。端正《たんせい》な顔《かお》には、本当《ほんとう》にきれいな笑《え》みが浮《う》かんでいた。

砂原《すなはら》っていいやつ。

みんなに誤解《ごかい》されても、私《わたし》はぜったい友《とも》だちだからね。

心《こころ》のなかで、そう決意《けつい》した。

帰《かえ》っていく砂原《すなはら》のうしろ姿《すがた》に夕陽《ゆうひ》がさし、長《なが》い影《かげ》が伸《の》びている。

ゆっくりと小《ちい》さくなる砂原《すなはら》のうしろ姿《すがた》を見送《みおく》っていたら、若武《わかたけ》、黒木《くろき》クン、上杉《うえすぎ》クン、小塚《こづか》クンが植《う》え込《こ》みの陰《かげ》からぞろぞろ出《で》てきた。

みんな、私《わたし》と砂原《すなはら》の会話《かいわ》を聞《き》いていたから、砂原《すなはら》の意外《いがい》な一面《いちめん》を見《み》て無言《むごん》だった。

砂原《すなはら》について、もうあれこれと説明《せつめい》したりかばったりする必要《ひつよう》はなくなっていた。

私《わたし》たちはいっしょに、砂原《すなはら》のうしろ姿《すがた》が見《み》えなくなるまで見送《みおく》った。

日曜日《にちようび》の朝《あさ》、私《わたし》はママの声《こえ》で目《め》がさめた。

ちょっとあわててる感《かん》じ。

「アーヤ、ちょっと来《き》なさい、アーヤ！」

どうしたの？　と言《い》いながらリビングに行《い》くと、食卓《しょくたく》の上《うえ》に新聞《しんぶん》が広《ひろ》げられていた。

ママは新聞《しんぶん》を見《み》せてくれた。

そこには、砂原《すなはら》ミート製《せい》のハンバーグに異物《いぶつ》が混入《こんにゅう》していたと、小《ちい》さい記事《きじ》が載《の》っていた。

運転手《うんてんしゅ》の人《ひと》は、豚肉《ぶたにく》を混《ま》ぜただけじゃなくて、ほかにもいろいろな悪《わる》さをしていたのだった。

砂原《すなはら》の父親《ちちおや》は、自分《じぶん》の工場《こうじょう》で作《つく》った食品《しょくひん》の安全性《あんぜんせい》が損《そこ》なわれたと判断《はんだん》し、隠《かく》したりせず、警察《けいさつ》や保健所《ほけんじょ》に連絡《れんらく》した。

その結果《けっか》、会社《かいしゃ》がどうなるかわかっていただろうに——。


雨《あめ》が降《ふ》ってるから、今日《きょう》は自転車《じてんしゃ》じゃなく歩《ある》いていこう。

私《わたし》は傘《かさ》をさして、若武《わかたけ》の家《いえ》に向《む》かって歩《ある》き出《だ》した。

今日《きょう》は、午後《ごご》から事件《じけん》の報告会《ほうこくかい》だ。

私《わたし》は歩《ある》きながら、砂原《すなはら》の家《いえ》の会社《かいしゃ》をめちゃくちゃにした運転《うんてん》手《しゅ》の人《ひと》のことを思《おも》った。

運転手《うんてんしゅ》の人《ひと》も、それ相応《そうおう》の報《むく》いを受《う》けるだろうな。

その人《ひと》、今度《こんど》こそ、心《こころ》を入《い》れかえてくれたらいいな。

砂原《すなはら》と、お父《とう》さんのためにも、その心《こころ》を腐《くさ》らせてしまいませんように……。

若武《わかたけ》の家《いえ》での報告会《ほうこくかい》では、まず若武《わかたけ》が悔《くや》しそうに大声《おおごえ》を張《は》り上《あ》げた。

「ったく！　何《なに》もかも話《はな》されちゃったら、オレたちの今《いま》までの苦労《くろう》は水《みず》の泡《あわ》じゃないか！」

若武《わかたけ》の頭《あたま》のなかでは、新聞記者《しんぶんきしゃ》やテレビカメラに取《と》り囲《かこ》まれる自分《じぶん》の姿《すがた》ができあがっていたようだった。派手《はで》に報道《ほうどう》されるチャンスを逃《のが》してしまったことがよほど悔《くや》しいらしく、顔《かお》がめちゃくちゃ真剣《しんけん》だ。

黒木《くろき》クンが、まぁ、落《お》ち着《つ》けよ、となだめていた。

「結果的《けっかてき》に事件《じけん》が解決《かいけつ》したんだから、問題《もんだい》ないじゃないか。」

「そうそう。」

上杉《うえすぎ》クンと小塚《こづか》クンの正論《せいろん》の前《まえ》で、若武《わかたけ》も言葉《ことば》につまってる。

若武《わかたけ》の気持《きも》ちを、黒木《くろき》クンが代弁《だいべん》した。

「違《ちが》うよ、きみたち。問題《もんだい》は、せっかく頑張《がんば》ったのに、若武大先生《わかたけだいせんせい》が、ぜーんぜん目立《めだ》つことができなかったところにあるのさ。」

黒木《くろき》クンが若武《わかたけ》の肩《かた》を抱《だ》き寄《よ》せた。

上杉《うえすぎ》クンと小塚《こづか》クン、そして私《わたし》は顔《かお》を見合《みあ》わせた。

上杉《うえすぎ》クンはニヤニヤと笑《わら》いながら、

「そうか。じゃあつまり、若武《わかたけ》の、その性格《せいかく》が問題《もんだい》ってことだよな。」

そう！

だよねー！

私《わたし》と小塚《こづか》クンはぷはっと吹《ふ》き出《だ》して、思《おも》わず笑《わら》ってしまった。

若武《わかたけ》はようやく気分《きぶん》が落《お》ち着《つ》いてきたらしく、

「――しかたねぇなぁ。」

とつぶやいた。

「また、すごい事件《じけん》に出会《であ》うさ。そのときに、せいぜい活躍《かつやく》してくれ。」

「ああ、そうさせてもらう。」

黒木《くろき》クンの励《はげ》ましに、若武《わかたけ》はちょっと元気《げんき》をもらったようだった。

「……あのね。」

私《わたし》はちょっと勇気《ゆうき》が必要《ひつよう》だったけど、思《おも》いきってみんなに相談《そうだん》した。

「チームのメンバーを増《ふ》やしたいんだけど、賛成《さんせい》してくれる？」

若武《わかたけ》も、黒木《くろき》クンも、上杉《うえすぎ》クン、小塚《こづか》クンも、ハッとしたような顔《かお》をした。

もしかして察《さっ》してくれたのかな。

「能力《のうりょく》があるやつなら、いつでも歓迎《かんげい》だ。」

若武《わかたけ》が目《め》を輝《かがや》かせながらこう言《い》った。

「チームワークを乱《みだ》すやつは、ぜったいにダメだけどね。」

これは、上杉《うえすぎ》クン。

「仲間《なかま》に入《い》れるなら、ボクたち5人《にん》が備《そな》えていない能力《のうりょく》を持《も》っていなくっちゃ、ね。」

小塚《こづか》クンがニコニコしながら言《い》った。

「探究心《たんきゅうしん》と正義感《せいぎかん》。それに、素直《すなお》さや、努力《どりょく》できる力《ちから》も必要《ひつよう》だよ。性格《せいかく》が悪《わる》いやつや、怠《なま》け者《もの》は、いくら能力《のうりょく》があってもお断《ことわ》り。」

黒木《くろき》クンが具体的《ぐたいてき》な条件《じょうけん》を並《なら》べた。

みんなの〝加入条件《かにゅうじょうけん》〟を遮《さえぎ》り、私《わたし》は自信《じしん》をもって答《こた》えた。

「大丈夫《だいじょうぶ》！　とても勇気《ゆうき》があって、立派《りっぱ》なんだから！」

翌日《よくじつ》の月曜日《げつようび》も雨《あめ》だった。

私《わたし》はある決意《けつい》をして登校《とうこう》した。

——砂原《すなはら》を、探偵《たんてい》チームKZ《カッズ》の仲間《なかま》に誘《さそ》うんだ！

私《わたし》は晴《は》れやかな気持《きも》ちで1年A組《ねんエーぐみ》の扉《とびら》を開《あ》けた。

でも、砂原《すなはら》の姿《すがた》はどこにもなかった。登校《とうこう》してくるのを待《ま》っていたけれど、隣《となり》の砂原《すなはら》の席《せき》は、一《いち》日《にち》じゅうずっと空席《くうせき》のままだった。

事件《じけん》が発覚《はっかく》したあと、砂原《すなはら》ミートは倒産《とうさん》してしまった。

そして、砂原《すなはら》はこの町《まち》からいなくなった。どこに行《い》ったのか誰《だれ》も知《し》らない。どこかの中学《ちゅうがく》へ転校《てんこう》していったのだった。

私《わたし》は砂原《すなはら》がくれた携帯《けいたい》の電話番号《でんわばんごう》に連絡《れんらく》しなかった。

きっと、しばらくそっとしておいてほしいだろう、って思《おも》ったから……。

私《わたし》は今回《こんかい》の事件《じけん》のことを、できるだけ詳《くわ》しく事件《じけん》ノートに記録《きろく》した。ノートには、砂原《すなはら》が携帯《けいたい》の電話番号《でんわばんごう》を書《か》いてくれた紙片《しへん》を、そのまま貼《は》り付《つ》けてある。

私《わたし》は、誰《だれ》もいない部屋《へや》で、砂原《すなはら》に話《はな》しかけた。

ねえ、砂原《すなはら》。

私《わたし》は砂原《すなはら》のこと、誇《ほこ》りに思《おも》うよ。

砂原《すなはら》は、私《わたし》の、5人目《にんめ》の友《とも》だちだからね。

ずっと、ずっと。

約束《やくそく》するよ。

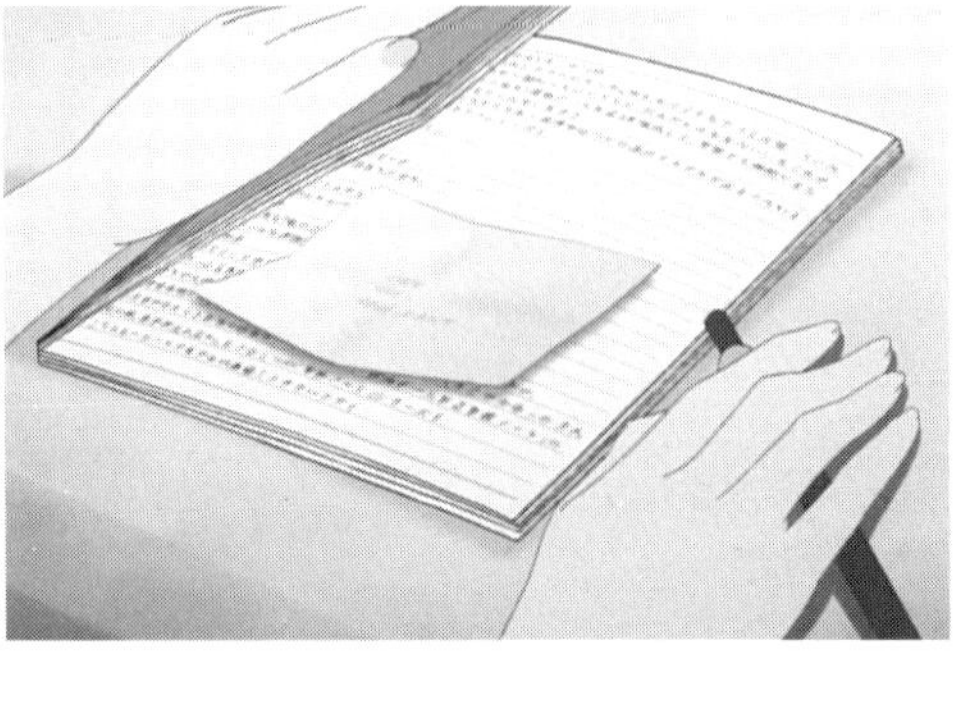

裏庭《うらにわ》は知《し》っている

その1

実《じつ》は私《わたし》、最近《さいきん》、ジョギングを始《はじ》めたの。

ほら、探偵《たんてい》チームKZ《カッズ》のみんなは男子《だんし》で、特《とく》に若武《わかたけ》と黒木《くろき》クン、上杉《うえすぎ》クンは、塾《じゅく》のサッカーチームのメンバーだから体力《たいりょく》もあるでしょ？

少《すこ》しでも足手《あしで》まといにならないようにしなくっちゃって、ね。

みんなと、いくつもの事件《じけん》を解決《かいけつ》するなかで思《おも》ったの。

雨《あめ》だったり、眠《ねむ》かったりで、走《はし》りたくないなーってときもあるけど、なんとか続《つづ》けてるんだ……。

今朝《けさ》も思《おも》いっきり早起《はやお》きして、走《はし》ったよ。

もちろん、体力作《たいりょくづく》りだけじゃなくって、勉強《べんきょう》も頑張《がんば》らなくちゃって思《おも》ってる。

でも——こればっかりは、どうにもならないときもあって……。

1年A組《ねんエーぐみ》の教室《きょうしつ》で、私《わたし》は返却《へんきゃく》された数学《すうがく》のテストを見《み》て青《あお》ざめていた。

この点数《てんすう》。

やっぱり数学《すうがく》は苦手《にがて》だ……。

クラスの女子《じょし》のボスである菜穂《なほ》や、その取《と》り巻《ま》きたちが、ニヤニヤ笑《わら》いながら私《わたし》のこと見《み》てる。

けど、そんなことは、どうでもよかった。

結局《けっきょく》、この日《ひ》は一日《いちにち》じゅうヘコんだ気分《きぶん》から立《た》ち直《なお》ることができなかった。

夕方《ゆうがた》、塾《じゅく》に向《む》かっているときも。

ダメだなぁ、私《わたし》。

そんな言葉《ことば》がぐるぐる頭《あたま》をまわっていた。

いつも数学《すうがく》でトップの「数《かず》の上杉《うえすぎ》」クンみたいになれれば、なんて、図々《ずうずう》しいことは言《い》わないけれど、せめてもうちょっとマシになりたいな……。

塾《じゅく》に着《つ》くと、掲示板《けいじばん》にたくさんの人《ひと》だかりができていた。掲示《けいじ》されているのは、この間《あいだ》の全国《ぜんこく》テストの結果《けっか》だ。

それぞれの科目《かもく》で、1位《い》から50位《い》までの成績《せいせき》が張《は》り出《だ》されているのだけれど、まぁ、私《わたし》には関係《かんけい》ないんだよね……。そう思《おも》って、通《とお》り過《す》ぎようとしたら、誰《だれ》かの声《こえ》が聞《き》こえてきた。

「上杉《うえすぎ》が……。」

「ウソだろ、数学《すうがく》で落《お》ちてるじゃん！」

「数《かず》の上杉《うえすぎ》がぁ？」

え？　と、足《あし》をとめて掲示板《けいじばん》を見《み》ると、いつも定位置《ていいち》の1位《い》の場所《ばしょ》に、上杉《うえすぎ》クンの名前《なまえ》がなかった。1位《い》どころか、50位《い》までのどこにも、上杉《うえすぎ》クンの名前《なまえ》が、ない。

「どうしちゃったの、上杉《うえすぎ》クン⁉」

私《わたし》はなんだか胸騒《むなさわ》ぎがした。


特別《とくべつ》クラスに行《い》くと、上杉《うえすぎ》クン以外《いがい》のメンバーはそろっていた。

もうすぐ授業《じゅぎょう》が始《はじ》まるというのに、上杉《うえすぎ》クンは現《あらわ》れない。

「遅《おそ》いね、上杉《うえすぎ》クン。」

「来《き》たくても、来《こ》られないのかもな。」

黒木《くろき》クンの声《こえ》で、掲示板《けいじばん》の前《まえ》の人《ひと》だかりを思《おも》い出《だ》した。

確《たし》かに、そうかも。

「それにしても、どうしていきなりトップから50位以下《いいか》まで転落《てんらく》したんだろう？　上杉《うえすぎ》クンが数学《すうがく》でミスするとは思《おも》えないんだけど。」

私《わたし》の疑問《ぎもん》に、若武《わかたけ》は「ミス説《せつ》」を唱《とな》える。

「確《たし》かにそうだけど……。でも、ミスったとしか考《かんが》えられないだろ。実際《じっさい》に転落《てんらく》したんだから。」

「うん……。」

「ま、オレは決《き》めてんだよ。」

若武《わかたけ》は得意《とくい》げにこう宣言《せんげん》した。

「次《つぎ》からはこのオレが、数学《すうがく》のトップをいただくってな！」

突然《とつぜん》の宣言《せんげん》に、私《わたし》は戸惑《とまど》った。

どういうこと？　まさか、今《いま》なら上杉《うえすぎ》クンを出《だ》し抜《ぬ》けるってこと!?

若武《わかたけ》の真意《しんい》がわからず、混乱《こんらん》している私《わたし》に、

「上杉《うえすぎ》が1位《い》から落《お》ちてる間《あいだ》、留守《るす》を守《まも》るんだ！」

若武《わかたけ》が、ますますわからないことを言《い》う。

「数学《すうがく》のトップは誰《だれ》にも渡《わた》さない。オレがトップに立《た》ってれば、上《うえ》杉《すぎ》だってぜったいライバル意識《いしき》を燃《も》やして、すごく頑張《がんば》って、返《かえ》り咲《ざ》いてくると思《おも》うんだ。」

つまり、上杉《うえすぎ》クンのため。上杉《うえすぎ》クンを思《おも》っての行動《こうどう》。

そのことがわかり、私《わたし》はちょっと感激《かんげき》した。

だって、そういう励《はげ》まし方《かた》って、すごく男《おとこ》の子《こ》っぽいんだもの。

これがもし、女《おんな》の子《こ》だったら、言葉《ことば》でベタベタなぐさめようとすると思《おも》う。

「じゃ、オレも参加《さんか》するよ。ふたりのどちらかがトップとればいいんだからな。オレも何《なに》か協力《きょうりょく》したいし。」

黒木《くろき》クンも賛同《さんどう》した。

「負《ま》けないぞ。」

「こっちこそ。」

若武《わかたけ》と黒木《くろき》クンが、本気《ほんき》のような、ゲームのような、そんなにらみ合《あ》いをしているとき、上杉《うえすぎ》くんがふわっと特別《とくべつ》クラスの教室《きょうしつ》に現《あらわ》れた。

みんな、今日《きょう》は上杉《うえすぎ》クンが休《やす》むとばっかり思《おも》い込《こ》んでいたので、まるでオバケを見《み》たかのようにぎょっとしてしまった。

「お、遅《おそ》かったね。」

小塚《こづか》クンが、動揺《どうよう》しながら声《こえ》をかけた。

確《たし》かに、さすがに面《めん》と向《む》かって、どうして数学《すうがく》の成績《せいせき》が悪《わる》くなったのか、なんて聞《き》けないよ。

えっと、どうしよ、どうしよ〜っ！

そのとき、若武《わかたけ》が声《こえ》を張《は》り上《あ》げた。

「ぜ、全員《ぜんいん》そろったな！　じゃあ、始《はじ》めるぞ！　探偵《たんてい》チームKZ《カッズ》の新《あたら》しい事件《じけん》だ！」

若武《わかたけ》に、記録《きろく》！　と言《い》われて、私《わたし》は急《いそ》いで事件《じけん》ノートを出《だ》し、机《つくえ》に広《ひろ》げた。

若武《わかたけ》が話《はなし》を変《か》えてくれて助《たす》かった。でも、新《あたら》しい事件《じけん》って、なんだろう？

「今回《こんかい》の事件《じけん》……、被害者《ひがいしゃ》は、オレだ。」

え？

「目撃者《もくげきしゃ》もオレ。」

えーっと？

「昨日《きのう》の放課後《ほうかご》、オレは掃除当番《そうじとうばん》で、中学校《ちゅうがっこう》の裏庭《うらにわ》を掃除《そうじ》した。そりゃあもう、キレイに！　それなのに、今朝《けさ》、担任《たんにん》に叱《しか》られた！　掃除《そうじ》をサボるなって。」

若武《わかたけ》は、悔《くや》しさがよみがえってきた様子《ようす》で、顔《かお》をしかめた。

「え？　やったんでしょ？」

「ああ、やったよ。でも、オレはちゃんとやったのに、担任《たんにん》は信《しん》じてくれず、ごまかす気《き》かとまで言《い》われた。それで、嘘《うそ》をつくな！と言《い》って、オレを裏庭《うらにわ》まで引《ひ》っぱっていったんだ——。」

裏庭《うらにわ》には、確《たし》かにゴミが散乱《さんらん》していた。

「オレが掃除《そうじ》したあと、朝《あさ》までの間《あいだ》に、誰《だれ》かがあそこにゴミを捨《す》てたんだ！　ぜったいにそうだ！　……というわけで、これを『裏庭《うらにわ》ゴミ投棄事件《とうきじけん》』と名付《なづ》けようと思《おも》う。みんな、調査開始《ちょうさかいし》だ。」

話《はなし》を最後《さいご》まで聞《き》いてから、上杉《うえすぎ》クンが、静《しず》かに尋《たず》ねた。

「……それで？」

声《こえ》は落《お》ち着《つ》いていて、いつもの上杉《うえすぎ》クンと変《か》わった様子《ようす》はない。

「……それだけだよ。ゴミを捨《す》てた犯人《はんにん》を見《み》つけるんだ。オレの名誉《めいよ》がかかってる。掃除《そうじ》をサボっていないと証明《しょうめい》するんだ。みんな、協力《きょうりょく》してくれ。」

「オレ、帰《かえ》るわ。」

上杉《うえすぎ》クンは、あっさり言《い》った。

「調査《ちょうさ》も授業《じゅぎょう》も、オレ、パスする。」

そう言《い》いながら、教室《きょうしつ》を出《で》ていこうとした。あわてて若武《わかたけ》が上杉《うえすぎ》クンを呼《よ》び止《と》めた。

「おい、ちょっと待《ま》てって。」

でも、上杉《うえすぎ》クンはさっさと出《で》ていった。

あわててみんなで追《お》いかけると、上杉《うえすぎ》クンはちょうど階段《かいだん》を下《お》りようとしているところだった。ところがこのとき、直前《ちょくぜん》でつまずいて、上杉《うえすぎ》クンは階段《かいだん》から一気《いっき》に真下《ました》へ落《お》ちそうになった。

あぶない！

そこを黒木《くろき》クンが間一髪《かんいっぱつ》で上杉《うえすぎ》クンの腕《うで》をつかみ、セーフ。ことなきを得《え》た。

「上杉《うえすぎ》！　大丈夫《だいじょうぶ》か？」

黒木《くろき》クンも若武《わかたけ》も小塚《こづか》クンも、みんなが心配《しんぱい》して声《こえ》をかけたけれど、上杉《うえすぎ》クンはなにも答《こた》えず、「ありがとう。」も言《い》わず、そのまま黙《だま》って立《た》ち去《さ》ってしまった。

教室《きょうしつ》での冷静《れいせい》な話《はな》しぶりはいつもの上杉《うえすぎ》クンのままだったけれど、お礼《れい》も言《い》わず立《た》ち去《さ》る様子《ようす》は、いつもの上杉《うえすぎ》クンではなかった。

すると、黒木《くろき》クンまで、

「若武《わかたけ》。オレも今回《こんかい》の事件《じけん》はパスだ。」

と言《い》いだした。

そして、上杉《うえすぎ》クンのあとを追《お》いかけるように階段《かいだん》を下《お》りていった。

残《のこ》ったのは、若武《わかたけ》、小塚《こづか》クン、私《わたし》、の3人《にん》だけ。

「で、おまえらはどうすんだよ。」

若武《わかたけ》がボソリ、と聞《き》いてきた。

……どうしよう。でも、みんながいっせいに抜《ぬ》けたら、ちょっとかわいそうだし。若武《わかたけ》につきあうしかないね。

「協力《きょうりょく》するよ。だから犯人《はんにん》を早《はや》く見《み》つけよう。」

小塚《こづか》クンも同《おな》じ気持《きも》ちだったのかな。協力《きょうりょく》を申《もう》し出《で》た。

もちろん私《わたし》も、

「協力《きょうりょく》するわ！」

と答《こた》えた。

上杉《うえすぎ》クンが心配《しんぱい》だった。だって、あの上杉《うえすぎ》クンが成績《せいせき》落《お》としたり、階段《かいだん》から落《お》ちそうになったり、明《あき》らかに、おかしい。

だけど、若武《わかたけ》のことも放《ほう》っておくわけにはいかなかった。裏庭《うらにわ》ゴミ投棄事件《とうきじけん》って、どうやって調査《ちょうさ》したらいいのかわかんないけど、とにかく、できることをやってみよう。

翌朝《よくあさ》、私《わたし》はいつものようにジョギングしていた。

今朝《けさ》はやけに眠《ねむ》い。でも、ジョギングのおかげで少《すこ》し足《あし》が速《はや》くなった気《き》がするんだ。継続《けいぞく》は力《ちから》なり、だよね。私《わたし》はいつものコースを少《すこ》しだけ外《はず》れてみた。

——そういえば、若武《わかたけ》の中学校《ちゅうがっこう》って、この近《ちか》くだっけ。

中学校《ちゅうがっこう》の門《もん》の前《まえ》で足踏《あしぶ》みしながら校舎《こうしゃ》を眺《なが》め、フェンス沿《ぞ》いに走《はし》った。門《もん》は閉《し》まっていて人《ひと》の気配《けはい》はない。

裏庭《うらにわ》のほうにやってきた。

「裏庭《うらにわ》って、このあたりじゃないかな……。」

すると、中学校《ちゅうがっこう》のとなりの敷地《しきち》に、ひとりの男《おとこ》の人《ひと》が見《み》えた。チリトリをもって掃除《そうじ》をしている様子《ようす》だった。こんなに朝早《あさはや》く、掃除《そうじ》をしてるんだ……と思《おも》っていたら、いきなりその男《おとこ》の人《ひと》が、チリトリの中身《なかみ》をフェンス越《ご》しに学校《がっこう》の裏庭《うらにわ》へ放《ほう》り投《な》げた！

「!!」

裏庭《うらにわ》ゴミ投棄事件《とうきじけん》。

予想《よそう》もしてなかったけど、私《わたし》は、いきなり、犯人《はんにん》を目撃《もくげき》してしまったのだった。

その2

数学《すうがく》の天才《てんさい》、数《かず》の上杉《うえすぎ》クンが、数学《すうがく》の成績《せいせき》を落《お》としちゃったり、階段《かいだん》から落《お》ちそうになったり。

とても様子《ようす》が変《へん》で、私《わたし》はとっても心配《しんぱい》してる。

そして、裏庭《うらにわ》ゴミ投棄事件《とうきじけん》が発生《はっせい》。被害者《ひがいしゃ》は若武《わかたけ》。でも、今回《こんかい》の調査《ちょうさ》からは、上杉《うえすぎ》クン、黒木《くろき》クンが抜《ぬ》けることになって、どうしよう……と思《おも》ってたら、私《わたし》、その事件《じけん》の犯人《はんにん》を――

いきなり目撃《もくげき》しちゃったの！


早朝《そうちょう》のジョギング中《ちゅう》、中学校《ちゅうがっこう》の裏庭《うらにわ》にゴミを捨《す》てた男《おとこ》の人《ひと》を見《み》てしまった私《わたし》は、こっそり尾行《びこう》することにした。

その男《おとこ》の人《ひと》は、中学校《ちゅうがっこう》の裏手《うらて》にある家《いえ》に入《はい》っていった。表札《ひょうさつ》には「TAKANE」と書《か》いてある。タカネ……。私《わたし》は思《おも》わずガッツポーズをとった。

「犯人《はんにん》、見《み》つけた！」

でも、ここからどう動《うご》けばいいのかがわからない。TAKANE《たかね》という男《おとこ》の人《ひと》がどんな人物《じんぶつ》か、どうやって調査《ちょうさ》すればいいのかも、まったく見当《けんとう》がつかないままだ。

私《わたし》は、「対人関係《たいじんかんけい》のエキスパート」である黒木《くろき》クンなら、TAKANE《たかね》って人《ひと》について何《なに》か調《しら》べてくれるかもしれないと思《おも》って連絡《れんらく》した。

留守番電話《るすばんでんわ》だったけど、私《わたし》は、ピーッという無機質《むきしつ》な機械音《きかいおん》に続《つづ》いて、こう話《はな》した。

「黒木《くろき》クンが今回《こんかい》の調査《ちょうさ》から抜《ぬ》けているのは、わかってるの。でも……ちょっと協力《きょうりょく》するくらいはオッケーでしょ？」

翌日《よくじつ》、授業《じゅぎょう》を受《う》けながら、私《わたし》は黒木《くろき》クンのことを思《おも》っていた。

――ちゃんと、留守電《るすでん》、聞《き》いてくれたかなぁ……。

放課後《ほうかご》、昇降口《しょうこうぐち》を出《で》ようとしたら、女《おんな》の子《こ》たちの声《こえ》が聞《き》こえてきた。

「あれ、サッカーチームＫＺ《カッズ》の！」

「カッコいい……。」

「誰《だれ》を待《ま》ってるんだろ。」

もしかして、と思《おも》って早足《はやあし》で校門《こうもん》に行《い》くと、いた。

背中《せなか》を塀《へい》にもたせかけた黒木《くろき》クンを見《み》つけてしまった。

わっ、黒木《くろき》クン……学校《がっこう》に来《き》ちゃったんだ！

私《わたし》は見《み》なかったふりをして、そーっとその場《ば》を立《た》ち去《さ》ろうとしたんだけど、

「アーヤ。」

黒木《くろき》クンに見《み》つかってしまった。

「アーヤ。５分間《ふんかん》くらい、時間《じかん》くれる？」

黒木《くろき》クンは女子《じょし》に注目《ちゅうもく》されることなんて慣《な》れっこなのか、周囲《しゅうい》の様子《ようす》をまったく気《き》にすることなく、私《わたし》に向《む》かってまっすぐ近《ちか》づいてきた。

クラスの女子《じょし》の大《おお》ボスである菜穂《なほ》とその取《と》り巻《ま》きたちが口《くち》をとがらせてこっちを見《み》ている。けれど、もうしょうがない。私《わたし》また目立《めだ》っちゃってるよ……。

黒木《くろき》クンと近所《きんじょ》の公園《こうえん》に行《い》き、ベンチに座《すわ》った。

「電話《でんわ》、ありがとう。調《しら》べてみたんだけど……TAKANE《たかね》氏《し》は、ちょっと困《こま》った人物《じんぶつ》だね。」

「困《こま》った人物《じんぶつ》って？」

私《わたし》は、調査《ちょうさ》から抜《ぬ》けると言《い》った黒木《くろき》クンが、ちゃんと調《しら》べてくれたことに、ちょっと感激《かんげき》していた。

「リードをつけないで犬《いぬ》を道路《どうろ》に出《だ》したり、一方通行《いっぽうつうこう》の道《みち》を原付《げんつき》で逆走《ぎゃくそう》したり。」

「うわっ……。」

「最悪《さいあく》なのは、ゴミ収集所《しゅうしゅうじょ》からアルミ缶《かん》を集《あつ》めて、廃品業者《はいひんぎょうしゃ》に売《う》ってるってこと。どれも違法《いほう》や迷惑行為《めいわくこうい》だけど、平《へい》

気《き》な顔《かお》でやってる。ほめられた市民《しみん》じゃないね。」

「そういう人《ひと》だから、学校《がっこう》にゴミを放《ほう》り込《こ》んだりするんだね。」

「近所《きんじょ》でも敬遠《けいえん》されてるみたいだよ。」

これって、もしかして大変《たいへん》な事件《じけん》なのかもしれない。

私《わたし》は、黒木《くろき》クンの調査《ちょうさ》を聞《き》いて思《おも》ったことを話《はな》した。なんだか、黒木《くろき》クンならゆったり聞《き》いてくれそうな気《き》がしたから。

「私《わたし》たちの人生《じんせい》って、毎日《まいにち》の積《つ》み重《かさ》ねで、できてるでしょ。その毎日《まいにち》を守《まも》るために、こういう事件《じけん》を解決《かいけつ》してる。気持《きも》ちよく暮《く》らせるために頑張《がんば》るのって、とっても大切《たいせつ》なことなんじゃないかって、そんなふうに思《おも》ったの。」

黒木《くろき》クンは優《やさ》しい表情《ひょうじょう》で私《わたし》の話《はなし》を聞《き》き、

「アーヤの言《い》う通《とお》りだと思《おも》うよ。」

と相槌《あいづち》を打《う》ってくれた。

えへへ……。私《わたし》は嬉《うれ》しくて、小《ちい》さく笑《わら》った。

「若武《わかたけ》はTAKANE氏《し》に濡《ぬ》れ衣《ぎぬ》を着《き》せられ、傷《きず》つけられた。これからも同《おな》じことを繰《く》り返《かえ》しそうだから、大切《たいせつ》な毎日《まいにち》を守《まも》るために、なんとかしないとね。」

やっぱり黒木《くろき》クンも若武《わかたけ》のこと、気《き》になってるんだ。

「何《なに》か証拠《しょうこ》が必要《ひつよう》だな。違法行為《いほうこうい》中《ちゅう》の写真《しゃしん》を撮《と》るのはどうだろう?」

黒木《くろき》クンが提案《ていあん》した。

「写真《しゃしん》？」

「そう、写真《しゃしん》。証拠《しょうこ》があれば警察《けいさつ》に持《も》ち込《こ》んでも話《はなし》を聞《き》いてくれるだろうし、若武《わかたけ》を疑《うたが》った先生《せんせい》に見《み》せれば、名誉回復《めいよかいふく》にもなるだろう。」

なるほど。

「うん、そうだね、ありがとう！」

黒木《くろき》クンからアドバイスをもらったおかげで、私《わたし》は自分《じぶん》のやるべきことが見《み》えてきた気《き》がした。

「……そろそろ、塾《じゅく》に行《い》ったほうがいいんじゃない？　遅刻《ちこく》するよ。」

黒木《くろき》くんに促《うなが》されて公園《こうえん》の時計《とけい》を確認《かくにん》すると、確《たし》かに、もう時間《じかん》がない。

「黒木《くろき》くんは、行《い》かないの？」

もしかしたら、と思《おも》って尋《たず》ねると、黒木《くろき》クンは首《くび》を横《よこ》に振《ふ》った。

私《わたし》が目《め》を伏《ふ》せると、黒木《くろき》クンはクスッと笑《わら》い、

「本心《ほんしん》バレバレだよ。アーヤ。顔《かお》に書《か》いてある。来《き》てほしい、って。」

と、からかうような口調《くちょう》で言《い》った。なんでわかるの!?

「そういうとこ、かわいいよ。」

黒木《くろき》クンはさらりと言《い》うと、

「オレも探偵《たんてい》チームの一員《いちいん》として、協力《きょうりょく》すべきなんだろうけど、上杉《うえすぎ》のことが心配《しんぱい》なんだ。すごく。あいつ、ぜったい何《なに》かあったん

だ。」

と、確信《かくしん》している様子《ようす》で話《はな》してくれた。

「何《なに》か、って？」

「わからない。でも、すごくつらいはずなのに……。だからオレ、あいつから目《め》を離《はな》したくないんだ。」

黒木《くろき》クンの上杉《うえすぎ》クンを思《おも》う気持《きも》ちがビンビン伝《つた》わってくる。

その言葉《ことば》を聞《き》いて、私《わたし》は、男《おとこ》の子《こ》の友情《ゆうじょう》って、いいな、と思《おも》った。

「それと……、上杉《うえすぎ》がアーヤに会《あ》いに行《い》くかもしれない。」

「えっ？」

話《はなし》が意外《いがい》な方向《ほうこう》に進《すす》んで、私《わたし》はドキッとした。

「家《いえ》の場所《ばしょ》を聞《き》かれたから。」

私《わたし》はドキドキしながら聞《き》き返《かえ》した。

「どうして……？」

「誰《だれ》かに話《はなし》を聞《き》いてほしいのかもしれないね。」

黒木《くろき》クンが、上杉《うえすぎ》クンの気持《きも》ちを推察《すいさつ》した。でも、黒木《くろき》クンにも話《はな》さないのに、私《わたし》に話《はなし》をするだろうか？

「オレたちは男同士《おとこどうし》だから、ライバル意識《いしき》もあるし、弱音《よわね》を吐《は》けないって思《おも》ってたりする。だけど、アーヤは女《おんな》の子《こ》だから。あいつも素直《すなお》に話《はな》すかもしれない。そのときは、聞《き》いてやってよ。」

「……わかった。」

上杉《うえすぎ》クン、私《わたし》でよかったら、いつでも話《はな》しに来《き》てね。

私《わたし》は心《こころ》のなかで、そう思《おも》った。

翌朝《よくあさ》、私《わたし》と若武《わかたけ》、小塚《こづか》クンは、若武《わかたけ》の中学校《ちゅうがっこう》の裏門《うらもん》に集合《しゅうごう》した。

黒木《くろき》クンのアドバイスを受《う》けて、違法行為《いほうこうい》の写真《しゃしん》を撮《と》るつもりだった。

すると――

TAKANE《たかね》という男《おとこ》の人《ひと》の姿《すがた》が見《み》えた。

TAKANE《たかね》氏《し》は、自転車《じてんしゃ》の前《まえ》カゴとうしろカゴに積《つ》んである空《あ》き缶《かん》の袋《ふくろ》を、今《いま》まさにライトバンの荷台《にだい》に載《の》せかえようとしているところだった。

そして、ライトバンの運転手《うんてんしゅ》と話《はな》し、お金《かね》を受《う》け取《と》っている。

――TAKANE《たかね》氏《し》が、ゴミ収集所《しゅうしゅうじょ》から集《あつ》めてきたアルミ缶《かん》を廃品業者《はいひんぎょうしゃ》に売《う》るところだ！

私《わたし》たちは決定的《けっていてき》な瞬間《しゅんかん》を目撃《もくげき》していた。

「小塚《こづか》クン、写真《しゃしん》撮《と》れた？」

私《わたし》は、興奮《こうふん》しながら小塚《こづか》くんに確認《かくにん》した。

「ちょっと遠《とお》すぎるね。もう少《すこ》し、近寄《ちかよ》らないと。」

スマホでは撮影距離《さつえいきょり》に限界《げんかい》があった。

画面《がめん》を確認《かくにん》したけど、残念《ざんねん》なことに、これじゃ、あまりよくわからない。

「ちっ。」

若武《わかたけ》は舌打《したう》ちした。

「それに、オレの名誉《めいよ》を回復《かいふく》するには、裏庭《うらにわ》にゴミを捨《す》てる瞬間《しゅんかん》の写真《しゃしん》がいるんだ。」

アルミ缶《かん》の荷物《にもつ》をおろした自転車《じてんしゃ》を、TAKANE《たかね》氏《し》は自分《じぶん》の家《いえ》ではなく、隣《となり》の家《いえ》の車庫《しゃこ》を開《あ》けて、押《お》し込《こ》んだ。

あの家《いえ》もTAKANE《たかね》氏《し》の持《も》ち物《もの》なんだろうか?

「そろそろ着替《きが》えに戻《もど》らないと、学校《がっこう》に遅刻《ちこく》しちゃうよ。」

小塚《こづか》くんの声《こえ》にハッとして時計《とけい》を見《み》た。

そ、そうだ、気《き》になることはいろいろあるけど、ひとまず学校《がっこう》に行《い》かないと。

「しかたがない。裏庭《うらにわ》ゴミ投棄事件《とうきじけん》の証拠《しょうこ》を押《お》さえるのは、また明日《あした》だ!」

右手《みぎて》の手《て》のひらを左拳《ひだりこぶし》で叩《たた》き、若武《わかたけ》が言《い》った。

自分《じぶん》たちの自転車《じてんしゃ》のところへ戻《もど》ろうとしたその瞬間《しゅんかん》、私《わたし》は家《いえ》のほうから呻《うめ》き声《ごえ》のような、荒《あら》い息《いき》

づかいが聞《き》こえてきたような気《き》がして、立《た》ちすくんだ。でも、不気味《ぶきみ》な声《こえ》はとてもか細《ぼそ》くて、すぐに消《き》えてしまった。

家《いえ》のなかに、何《なに》かいる！

私《わたし》は、不吉《ふきつ》なものを見《み》るように、TAKANE《たかね》氏《し》の自転車《じてんしゃ》がしまわれた、その家《いえ》を眺《なが》めた。

家《いえ》の方向《ほうこう》が同《おな》じだから、と若武《わかたけ》が送《おく》ってくれた。

帰《かえ》るとママから、遅《おそ》かったから心配《しんぱい》したのよと注意《ちゅうい》された。

「それとアーヤ、お友《とも》だちが訪《たず》ねてきたのよ。」

「え？　誰《だれ》？」

「上杉《うえすぎ》くんって男《おとこ》の子《こ》。」

「ええっ!?」

「ついさっきよ。そこで会《あ》わなかった？　朝早《あさはや》くから、何《なん》の用《よう》だったのかしら。」

あわてて飛《と》び出《だ》したけど、上杉《うえすぎ》クンの姿《すがた》はどこにもなかった。ただ通勤通学《つうきんつうがく》の人《ひと》たちが、まばらに見《み》えるだけ。

私《わたし》は青《あお》ざめた。きっと、私《わたし》に話《はなし》を聞《き》いてほしかったんだ……。なのに、若武《わかたけ》といっしょのところを見《み》られたかも。ああ、誤解《ごかい》されてたら、どうしよう!!

その3

上杉《うえすぎ》クンが私《わたし》の家《いえ》に来《き》たのは、何《なに》か話《はなし》があったからだと思《おも》う。

私《わたし》は、いてもたってもいられない気持《きも》ちになった。相談《そうだん》の中身《なかみ》も気《き》になる。それに、若武《わかたけ》といっしょのところを見《み》られたのではないかということも気《き》になった。

——上杉《うえすぎ》クン、若武《わかたけ》と私《わたし》のこと、誤解《ごかい》してたらどうしよう……！

私《わたし》は、ちゃんと誤解《ごかい》を解《と》いて、上杉《うえすぎ》クンの話《はなし》を聞《き》こうと思《おも》った。それで、学校《がっこう》からダッシュで帰《かえ》ってきて、部屋《へや》から上杉《うえすぎ》クンに電話《でんわ》をした。

何度目《なんどめ》かの呼《よ》び出《だ》し音《おん》のあと、はい、という声《こえ》が聞《き》こえた。上杉《うえすぎ》クンの声《こえ》だ。

「もしもし、立花《たちばな》ですけど。……上杉《うえすぎ》クン？」

「ああ……。」

「あの……、今朝《けさ》は、ごめんね。来《き》てくれたのに、いなくて。」

「別《べつ》に。急《きゅう》に行《い》ったから、そういうこともあると思《おも》ってたし。」

——う……、なんかそっけない。

私《わたし》は自分《じぶん》を奮《ふる》い立《た》たせ、なるべく明《あか》るい声《こえ》を出《だ》そうと頑張《がんば》った。

「何《なん》の用《よう》だったの？」

「たいしたことじゃないから、いいよ。」

「たいしたことじゃなくても、言《い》ってみて。聞《き》きたいから。」

「……いや、やっぱりいいよ。」

上杉《うえすぎ》クンは、じゃあな、と言《い》って、電話《でんわ》を切《き》ってしまった。

ツーと機械音《きかいおん》が冷《つめ》たく耳《みみ》に流《なが》れてきた。

黒木《くろき》クンから、話《はなし》を聞《き》いてあげてほしい、と言《い》われていた。私《わたし》も少《すこ》しでも上杉《うえすぎ》クンの力《ちから》になりたかった。なのに、目《め》の前《まえ》でドアがバタンッと閉《し》められてしまった気《き》がしていた。

——私《わたし》、自分《じぶん》の役目《やくめ》を果《は》たせていない。

だけど、どうしたらいいのかなんて、さっぱりわからなかった。

夕方《ゆうがた》、塾《じゅく》が始《はじ》まる前《まえ》にカフェテリアでKZ《カッズ》のメンバーが集《あつ》まった。

KZ《カッズ》といっても、今《いま》、動《うご》いているメンバーは若武《わかたけ》と

小塚《こづか》クンと私《わたし》の3人《にん》しかいない。人数《にんずう》が少《すく》ないから、私《わたし》はいつも以上《いじょう》の働《はたら》きをしなくちゃいけないんだけど、昨日《きのう》の上杉《うえすぎ》クンとの電話《でんわ》で、ちょっと自分《じぶん》に自信《じしん》がなくなりかけていた。

「アーヤ！　聞《き》いてんのか⁉」

突然《とつぜん》、若武《わかたけ》が大声《おおごえ》を出《だ》した。

「あ、ごめん……、何《なに》？」

若武《わかたけ》のリサーチによると、TAKANE《たかね》氏《し》の隣《となり》の家《いえ》は空《あ》き家《や》なのだという。

「え？　空《あ》き家《や》？」

「ああ。学校《がっこう》の友《とも》だちに聞《き》いたから、間違《まちが》いないよ。TAKANE《たかね》氏《し》は、空《あ》き家《や》のガレージを勝手《かって》に使《つか》ってたってことだ。」

でも、隣《となり》の家《いえ》からは、声《こえ》が聞《き》こえた。空《あ》き家《や》のはずなのに、人《ひと》の気配《けはい》がするなんて。

「なにかありそうだよね。」

小塚《こづか》クンが、キラリと光《ひか》る目《め》を向《む》けてきた。

「うん。」

「今度《こんど》こそ、TAKANE《たかね》氏《し》がゴミを捨《す》てるとこ、バッチリ証拠写真《しょうこしゃしん》撮《と》ってやるぜ！」

明日《あした》の朝《あさ》、現地集合《げんちしゅうごう》だ！　と、若武《わかたけ》が勢《いきお》いよく宣言《せんげん》した。

翌朝《よくあさ》、私《わたし》はTAKANE《たかね》氏《し》の家《いえ》の近《ちか》くに一番《いちばん》のりで到着《とうちゃく》した。息《いき》をひそめて、注意深《ちゅういぶか》くTAKANE《たかね》氏《し》の家《いえ》のほうを観察《かんさつ》すると、もうTAKANE《たかね》氏《し》は箒《ほうき》とチリトリで掃除《そうじ》を始《はじ》めている。

——若武《わかたけ》も小塚《こづか》クンも、遅《おそ》いな……ああ、もう早《はや》く来《き》て！　決定的瞬間《けっていてきしゅんかん》が、終《お》わっちゃう！

私《わたし》は、お父《とう》さんのデジカメを借《か》りてくればよかった、と後悔《こうかい》していた。

TAKANE氏《たかねし》は、ゴミを集《あつ》め始《はじ》めている。もう、いつ中学校《ちゅうがっこう》の裏庭《うらにわ》にゴミを投《な》げ入《い》れてもおかしくない。若武《わかたけ》、小塚《こづか》クン、早《はや》く来《き》て！

そのとき。

自転車《じてんしゃ》に乗《の》った若武《わかたけ》と小塚《こづか》クンが現《あらわ》れた。ふたりは自転車《じてんしゃ》を飛《と》び降《お》りると、若武《わかたけ》が、TAKANE氏《たかねし》がフェンス越《ご》しに中学校《ちゅうがっこう》の裏庭《うらにわ》へゴミを捨《す》てる様子《ようす》の一部始終《いちぶしじゅう》をスマホで撮影《さつえい》した。

シャッター音《おん》に気《き》がついてTAKANE氏《たかねし》が振《ふ》り返《かえ》ると、若武《わかたけ》は左手《ひだりて》でスマホを高々《たかだか》と掲《かか》げ、よく通《とお》る声《こえ》でこう言《い》った。

「不法投棄《ふほうとうき》の写真《しゃしん》、撮《と》りましたよ。これ、警察《けいさつ》に持《も》っていきましょうか。それがいやだったら、学校《がっこう》に事情《じじょう》を話《はな》して、謝《あやま》ってください。」

決定的《けっていてき》な現場《げんば》を押《お》さえられ、TAKANE氏《たかねし》は観念《かんねん》したのか、静《しず》かに言《い》った。

「……わかった。すまなかった。学校《がっこう》の、誰《だれ》に言《い》えばいいんだ？」

TAKANE氏《たかねし》が案外《あんがい》あっさりと罪《つみ》を認《みと》めたため、私《わたし》たちはホッとした。そして近《ちか》づいてきたTAKANE氏《たかねし》を警戒《けいかい》することなく、

「担任《たんにん》の……。」

そう言《い》いかけた瞬間《しゅんかん》、TAKANE氏《たかねし》は若武《わかたけ》のスマホをさっと奪《うば》って、地面《じめん》に叩《たた》きつけた。

「あ！」

「何《なに》するんだよ！」

地面《じめん》に叩《たた》きつけられた上《うえ》に、靴《くつ》で踏《ふ》みつけられ、スマホが壊《こわ》れてしまったことは誰《だれ》が見《み》てもハッキリわかった。

「思《おも》い知《し》ったか。大人《おとな》を甘《あま》く見《み》るんじゃない。このクソガキ！」

そう言《い》い捨《す》てて、TAKANE氏《たかねし》は家《いえ》のなかに入《はい》ってしまった。

バタン、と音《おと》をたててドアが閉《し》まった。

「メモリーの再生《さいせい》は無理《むり》だね。」

「ちっきしょう！」

地面《じめん》で踏《ふ》みつけにされたスマホを取《と》り上《あ》げようとしたとき、小塚《こづか》クンが何《なに》かに気《き》づいたようだった。

「なんだろう？　これ。」

それは、ガラスの破片《はへん》と、小《ちい》さな布《ぬの》のようなものだった。

「ガラスと……。」

「有機物《ゆうきぶつ》……。生物《せいぶつ》の組織《そしき》の一部《いちぶ》かも。」

「ちょっと調《しら》べてみる。」

小塚《こづか》クンが興味深《きょうみぶか》そうに言《い》い、カバンのなかからピンセットとジッパーつきのビニール袋《ぶくろ》を取《と》り出《だ》して丁寧《ていねい》に採取《さいしゅ》した。

「あのオヤジ、ぜったいほかにも何《なに》か悪《わる》いことやってるぜ。必《かなら》ず尻尾《しっぽ》をつかんでやる。」

スマホを壊《こわ》された若武《わかたけ》は、怒《いか》りが倍増《ばいぞう》したようだ。

事件《じけん》を解決《かいけつ》するためにどうすればいいのか、私《わたし》は一生懸命《いっしょうけんめい》考《かんが》えた。今《いま》は3人《にん》だけのKZ《カッズ》。このチームを支《ささ》えるために、私《わたし》は自分《じぶん》が何《なに》をすればいいのか、自分《じぶん》に問《と》いかけていた。

その夜《よる》、塾《じゅく》から帰《かえ》ってきて、家《いえ》の門扉《もんぴ》に手《て》を置《お》いた瞬間《しゅんかん》、

「立花《たちばな》。」

と、声《こえ》をかけられた。

上杉《うえすぎ》クンだった。

私《わたし》はものすごくドキドキして、上杉《うえすぎ》クンの顔《かお》を見《み》た。ようやく、会《あ》えた。上杉《うえすぎ》クンは、塾《じゅく》が終《お》わるタイミングを見計《みはか》らって、私《わたし》を待《ま》っていてくれたようだった。

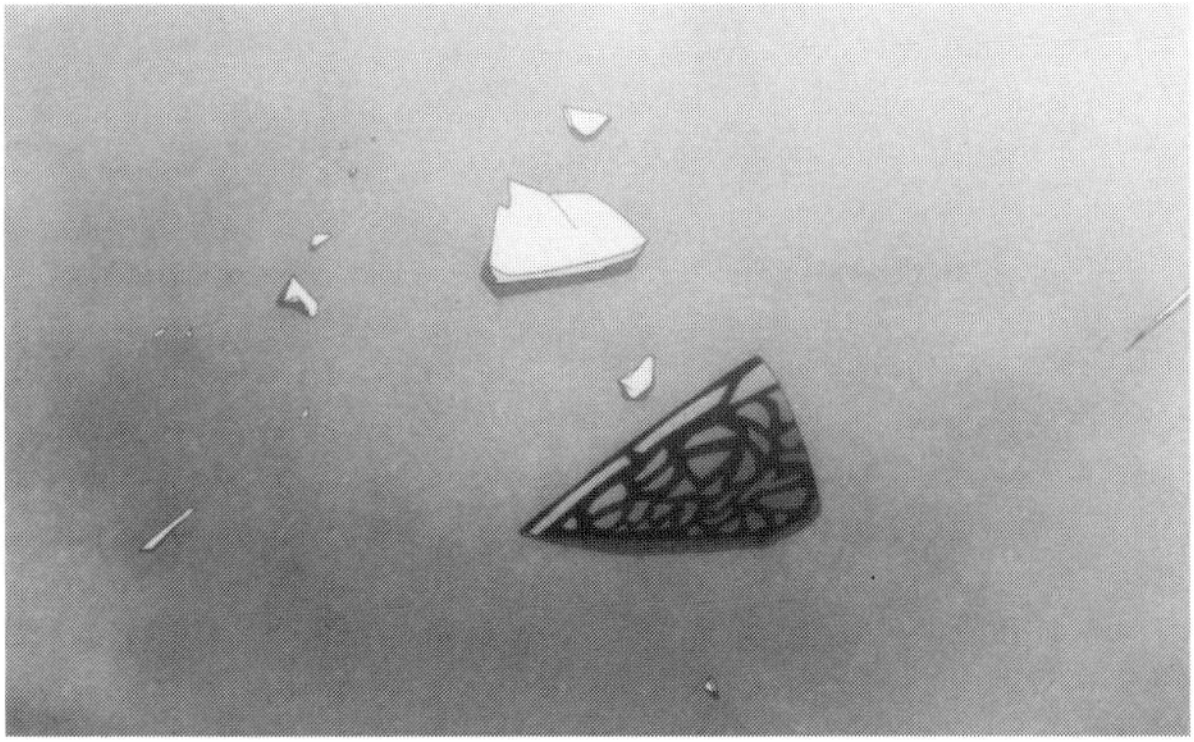

「おまえ、数学苦手《すうがくにがて》だろ。これ、使《つか》えよ。」

上杉《うえすぎ》クンはそう言《い》って、私《わたし》に書店《しょてん》の袋《ふくろ》を差《さ》し出《だ》した。参考書《さんこうしょ》のようだった。

「あり、がとう。」

自分《じぶん》が成績落《せいせきお》ちて大変《たいへん》なときに、私《わたし》のことを心配《しんぱい》してくれたんだ。そう思《おも》うと、胸《むね》がキュンと締《し》めつけられるような気持《きも》ちになった。でも、

「オレ、探偵《たんてい》チームKZ《カッズ》抜《ぬ》けるから。」

上杉《うえすぎ》クンのこの言葉《ことば》を聞《き》いて、気持《きも》ちが一気《いっき》に急降下《きゅうこうか》した。

「どうして？　数学《すうがく》のトップの座《ざ》から落《お》ちたから？」

私《わたし》は一生懸命訴《いっしょうけんめいうった》えた。

「上杉《うえすぎ》クンは、KZ《カッズ》の大事《だいじ》なメンバーだよ。みんなだって、そう思《おも》ってるもの。抜《ぬ》けるなんて言《い》わないで。活動《かつどう》に時間《じかん》が割《さ》かれると、勉強《べんきょう》に支障《ししょう》が出《で》るのかもしれないけど……。」

「——違《ちが》うって言《い》ってるだろ。オレ……、目《め》が見《み》えないんだ。」

「え……？」

「ああ、ドジった……。しょうがない、話《はな》すから、誰《だれ》にも言《い》うなよ。」

そのあとの話《はなし》は、あまりにも残酷《ざんこく》だった。

「オレ、今《いま》のところ景色《けしき》はまだなんとか見《み》えてるけど、文字《もじ》や数字《すうじ》がてんでダメなんだ。今回《こんかい》のテスト、数字《すうじ》はもうほとんど見《み》えなかった。手術《しゅじゅつ》をしても、成功率《せいこうりつ》は40%《パーセント》。もし失敗《しっぱい》したら、完全《かんぜん》に失明《しつめい》するかもしれない。……だから、今《いま》、考《かんが》えてる。」

KZ《カッズ》のメンバーでいても、みんなの足手《あしで》まといになるだけだから。

脱退《だったい》の理由《りゆう》をそう説明《せつめい》して、上杉《うえすぎ》クンは帰《かえ》ろうとした。

「じゃ、な。おやすみ、立花《たちばな》。」

私《わたし》は去《さ》っていく上杉《うえすぎ》クンの背中《せなか》に向《む》かって、呼《よ》びかけた。

「応援《おうえん》してるから。何《なに》かあったら、いつでも連絡《れんらく》して。」

涙《なみだ》がとまらなかった。泣《な》き声《ごえ》で呼《よ》びかけたせいか声《こえ》が震《ふる》えていた。上杉《うえすぎ》クンは背中《せなか》をむけたまま手《て》を振《ふ》ってくれた。

——おやすみ、天使《てんし》さん。

そう上杉《うえすぎ》クンが言《い》ってくれたんだって、そのときの私《わたし》には聞《き》こえなかった。

上杉《うえすぎ》クンと別《わか》れ、涙《なみだ》をぬぐいながら家《いえ》に入《はい》ると、電話《でんわ》が鳴《な》った。小塚《こづか》クンからだった。

「アーヤ、ボクだよ。今《いま》、若武《わかたけ》と黒木《くろき》にも話《はな》したんだけど大変《たいへん》だ。TAKANE《たかね》氏《し》の家《いえ》の前《まえ》で拾《ひろ》ったものの、分析結果《ぶんせきけっか》が出《で》たん

だ。あれは、蝶《ちょう》の羽《はね》の一部《いちぶ》だ。それも、猛毒《もうどく》の。」

「毒《どく》……!?」

小塚《こづか》クンの声《こえ》は、興奮《こうふん》している。

「うん。このあたりには生息《せいそく》していない、珍《めずら》しい蝶《ちょう》なんだ。」

「どうしてそんなものが、あそこに？」

「この前《まえ》、市立博物館《しりつはくぶつかん》で強盗事件《ごうとうじけん》があったんだ。そのとき、この蝶《ちょう》の標本《ひょうほん》も盗《ぬす》まれている。」

TAKANE《たかね》氏《し》は、その強盗事件《ごうとうじけん》と関係《かんけい》があるかもしれないってことになる。裏庭《うらにわ》ゴミ投棄事件《とうきじけん》が、とんでもない犯罪《はんざい》とつながっているかもしれないと、私《わたし》はちょっと怖《こわ》くなった。

小塚《こづか》クンは強盗事件《ごうとうじけん》より、今《いま》は蝶《ちょう》の被害《ひがい》が心配《しんぱい》だという。

「アーヤ、言《い》ってただろ。隣《となり》の空《あ》き家《や》から荒《あら》い息《いき》づかいが聞《き》こえたって。もしかしたらその人《ひと》、蝶《ちょう》の毒《どく》にやられて、危険《きけん》な状態《じょうたい》になっているのかも。一刻《いっこく》を争《あらそ》うかもしれないんだよ。人《ひと》の命《いのち》がかかっている。」

これから若武《わかたけ》と現場《げんば》に行《い》って、TAKANE《たかね》氏《し》の隣《となり》の空《あ》き家《や》の様子《ようす》を見《み》てくる、という。

もう夜《よる》9時《じ》をとっくに過《す》ぎている。

「これから……。」

と言《い》うと、小塚《こづか》クンは、

「無理《むり》しなくていいよ。あとで報告《ほうこく》するから。」

そう言《い》って電話《でんわ》を切《き》った。

どうしよう……。

3人《にん》だけのKZ《カッズ》。私《わたし》は、このチームを支《ささ》えるために、自分《じぶん》にできることは全部《ぜんぶ》やろうと決《き》めたのだった。

私《わたし》はジョギングシューズの紐《ひも》をキュッと結《むす》び、玄関《げんかん》を出《で》て、夜《よる》の道《みち》を走《はし》り出《だ》した。

その4

「アーヤ、来《き》たのか。」

「ん、来《き》た！」

アーヤは来《こ》ない、と小塚《こづか》クンから伝《つた》えられていたのか、若武《わかたけ》が驚《おどろ》いたように言《い》った。

今回《こんかい》の事件《じけん》には協力《きょうりょく》できない、と宣言《せんげん》していた黒木《くろき》クンも、裏庭《うらにわ》ゴミ投棄事件《とうきじけん》のとんでもない状《じょう》況《きょう》を聞《き》き情報収集《じょうほうしゅうしゅう》に動《うご》いてくれていた。

緊迫《きんぱく》した現場《げんば》に黒木《くろき》クンは自転車《じてんしゃ》で登場《とうじょう》した。

「面白《おもしろ》くなってきたよ。」

真《ま》っ暗《くら》ななかでもハッキリわかるくらい、黒木《くろき》クンの笑顔《えがお》は自信《じしん》にあふれている。

「TAKANE《たかね》氏《し》の職業《しょくぎょう》を調《しら》べてみたら、駅《えき》のそばにある警備会社《けいびがいしゃ》に勤《つと》めていることがわかったんだ。で、その警備会社《けいびがいしゃ》が今《いま》、どこの警備《けいび》を請《う》け負《お》っているかと言《い》うと……。」

「市立博物館《しりつはくぶつかん》⁉」

「強盗事件《ごうとうじけん》のあった⁉」

「ああ。」

じゃ、やっぱり、この蝶《ちょう》の標本《ひょうほん》を盗《ぬす》んだのは、TAKANE《たかね》氏《し》ってことなんだろうか？

「いや、ＴＡＫＡＮＥ氏《たかねし》の仕事《しごと》は警備員《けいびいん》の勤務時間《きんむじかん》の管理《かんり》だ。だから、直接手《ちょくせつて》をくだしたわけではないかもしれない。けど、関《かか》わっていた可能性《かのうせい》は大《おお》いにある。」

黒木《くろき》クンは慎重《しんちょう》に推理《すいり》した。

「あのオヤジ、そんなことまで……。」

若武《わかたけ》は、あきれたようにため息《いき》をついた。

「この蝶《ちょう》は、マニアの間《あいだ》では高額《こうがく》で取《と》り引《ひ》きされるんだ。」

小塚《こづか》クンは蝶《ちょう》コレクターたちの取引《とりひき》ルートを調《しら》べたらしい。

「おそらく買《か》い手《て》が決《き》まるまで、このガレージで保管《ほかん》するつもりだったんだろうな。」

「なにか、アクシデントがあって、仲間《なかま》のひとりが蝶《ちょう》の猛毒《もうどく》に触《ふ》れてしまったんだと思《おも》う。急《いそ》がないと、命《いのち》に関《かか》わるよ。」

命《いのち》に関《かか》わる、という小塚《こづか》クンの言葉《ことば》に、私《わたし》は焦《あせ》った。

「どうしよう。救急車《きゅうきゅうしゃ》呼《よ》ぶ？」

「ああ！」

「うん。」

黒木《くろき》クンがスマホに手《て》をかけた瞬間《しゅんかん》、遠《とお》くから救急車《きゅうきゅうしゃ》のサイレンの音《おと》が聞《き》こえてきた。

みんなが、え？　という表情《ひょうじょう》をして顔《かお》を見合《みあ》わせた。人《ひと》の気配《けはい》がしたので、若武《わかたけ》が無言《むごん》でみんな

を誘導《ゆうどう》し、物陰《ものかげ》に隠《かく》れた。

「こっちだ！」

救急車《きゅうきゅうしゃ》とパトカーが停車《ていしゃ》して、何人《なんにん》かの救急隊員《きゅうきゅうたいいん》と警察官《けいさつかん》がＴＡＫＡＮＥ《たかね》氏《し》の隣家《りんか》へ駆《か》け込《こ》んだ。

しばらくすると、ストレッチャーに載《の》せられた男性《だんせい》が救急車《きゅうきゅうしゃ》へと運《はこ》ばれた。付《つ》き添《そ》っているのは、大人《おとな》がふたり。ひとりは知《し》らない顔《かお》だけど、もうひとりはＴＡＫＡＮＥ《たかね》氏《し》に間違《まちが》いない。

「運《はこ》ばれたのは、ＴＡＫＡＮＥ《たかね》の共犯者《きょうはんしゃ》だろうね？」

「たぶんね。」

ＴＡＫＡＮＥ《たかね》氏《し》は警察官《けいさつかん》に事情聴取《じじょうちょうしゅ》されている。その様子《ようす》を、みんな耳《みみ》をそばだてて聞《き》き入《い》った。

「事情《じじょう》を説明《せつめい》してもらえますか？」

「私《わたし》にもよくわからんのですよ。」

「ここは、あなたの家《いえ》ではないですよね。」

「管理《かんり》を頼《たの》まれとったんです。ある程度自由《ていどじゆう》にしていいという話《はなし》だったんで、頼《たの》まれものの荷物置《にもつお》きなんかに使《つか》っていました。ここにいる大森《おおもり》と、さっき運《はこ》ばれた小森《こもり》から預《あず》かった荷物《にもつ》です。さっきの標本《ひょうほん》もそうだよ、な？」

大森《おおもり》、と呼《よ》ばれた男《おとこ》は、小刻《こきざ》みに何度《なんど》もうなずいた。

「そうです。」

「この間《あいだ》、新《あたら》しい荷物《にもつ》を運《はこ》び込《こ》んだとき、小森《こもり》が突然倒《とつぜんたお》れたっていうんで、医者《いしゃ》に連《つ》れていこうとしたんですが、どうしてもいやだって、聞《き》かないんですよ。」

――私《わたし》が聞《き》いた声《こえ》は、それだったんだ。

私《わたし》はやっとスッキリした気持《きも》ちになった。

「でも、今日《きょう》になって大森《おおもり》が、小森《こもり》が死《し》にそうだって泣《な》きついてきたんで、救急車《きゅうきゅうしゃ》を呼《よ》んだんですよ。」

TAKANE氏《たかねし》は、さも驚《おどろ》いた様子《ようす》で、そんな説明《せつめい》をした。

「なんですぐ医者《いしゃ》に連《つ》れていかなかったんだね。」

警察官《けいさつかん》が不審《ふしん》そうに尋《たず》ねた。

「……バレるのが恐《おそ》ろしかったんで。じつはオレたち、いろいろなところで盗《ぬす》みを重《かさ》ねてきたんです。」

大森《おおもり》が、ついに白状《はくじょう》した。警察官《けいさつかん》は太《ふと》い腕《うで》で大森《おおもり》の腕《うで》をつかみ、

「詳《くわ》しい話《はなし》は、警察《けいさつ》で聞《き》こう。あなたも同行《どうこう》してください。」

と、TAKANE氏《たかねし》に指示《しじ》した。しかし、

「私《わたし》は何《なに》も知《し》らないんで。」

TAKANE氏《たかねし》は、あくまでもシラをきるつもりらしかった。

そのやりとりを見《み》ていた黒木《くろき》クンは、

「若武《わかたけ》、耳貸《みみか》せよ。」

と言《い》って、何《なに》かを若武《わかたけ》に小声《こごえ》で囁《ささや》いた。

「何《なに》をするの？」

と尋《たず》ねても、黒木《くろき》クンはニヤッと笑《わら》って、

「まぁ、見《み》ててごらん。」

と言《い》うだけで、何《なに》も教《おし》えてくれない。

そのとき、隠《かく》れていた茂《しげ》みから、いつの間《ま》にか移動《いどう》していた若武《わかたけ》が、警察官《けいさつかん》とTAKANE氏《たかねし》の前《まえ》に堂々《どうどう》と現《あらわ》れた。

「あれ、おじさん。」

TAKANE氏《たかねし》は、若武《わかたけ》を見《み》てハッとした顔《かお》になった。

「この間《あいだ》、オレのスマホ壊《こわ》したよね。オレ、弁償《べんしょう》してもらいたいんだけど。おまわりさんもいるから、ちょうどいいや。ここで話《はなし》をつけようか。」

「きみ、それどういうこと？」

警察官《けいさつかん》は若武《わかたけ》の話《はなし》にすぐ興味《きょうみ》を示《しめ》した。

若武《わかたけ》はここぞとばかりに、TAKANE氏《たかねし》の悪事《あくじ》をバラし始《はじ》めた。

「このおじさん、オレの中学校《ちゅうがっこう》の裏庭《うらにわ》に、ゴミを捨《す》てるから、みんな迷惑《めいわく》してるんです。」

「証拠《しょうこ》として、写真《しゃしん》を撮《と》ったら、スマホごと壊《こわ》されてしまって。」

「それに、市《し》のゴミ収集《しゅうしゅう》に出《だ》されているアルミ缶《かん》を勝手《かって》に売《う》ってるのも見《み》ました。」

まだまだ余罪《よざい》が続《つづ》きそうな様子《ようす》を察知《さっち》して、警察官《けいさつかん》は、

「……長《なが》い話《はなし》になりそうですね。続《つづ》きは警察署《けいさつしょ》で話《はな》してもらおうか。」

とTAKANE氏《たかねし》に言《い》った。そして若武《わかたけ》のほうにも向《む》き直《なお》り、

「きみも、話《はなし》を聞《き》かせてくれるかな？」

と、今度《こんど》は優《やさ》しい声《こえ》で話《はな》しかけた。

「中学生《ちゅうがくせい》は、付《つ》き添《そ》いが必要《ひつよう》ですよね。」

「よく知《し》ってるね。ご両親《りょうしん》を呼《よ》ぼうか？」

「いえ、学校《がっこう》の担任《たんにん》をお願《ねが》いします。」

若武《わかたけ》が、ソツなく答《こた》えた。これで、若武《わかたけ》の濡《ぬ》れ衣《ぎぬ》が晴《は》れ、担任《たんにん》の誤解《ごかい》が解《と》ける。

私《わたし》は黒木《くろき》クンにこっそり尋《たず》ねた。

「よかったね。担任《たんにん》を呼《よ》べばいいって、黒木《くろき》クンが教《おし》えたの？」

「いや、オレが言《い》ったのは、今《いま》なら警官《けいかん》も注目《ちゅうもく》するし、取《と》り上《あ》げてもらえるだろう、ってことだけ。付《つ》き添《そ》いのこととか、担任《たんにん》のことは、あいつの考《かんが》えだ。」

若武《わかたけ》はこちらを見《み》て片目《かため》をつぶり、V《ブイ》サインを出《だ》している。

「見《み》てよ、若武《わかたけ》の、あの得意《とくい》そうな顔《かお》。」

私《わたし》はプッと吹《ふ》き出《だ》した。


ところどころ街灯《がいとう》が照《て》らす暗《くら》い夜道《よみち》を、私《わたし》と黒木《くろき》クン、小塚《こづか》クンの3人《にん》で帰《かえ》った。

夜《よる》、何《なに》も言《い》わず家《いえ》を抜《ぬ》け出《だ》してしまったから、帰《かえ》ったらママに思《おも》いっきり叱《しか》られるかも……。想像《そうぞう》するだけで憂鬱《ゆううつ》になるので、今《いま》は考《かんが》えないことにした。とにかく、事件《じけん》が解決《かいけつ》してよかった。

「これで、『裏庭《うらにわ》ゴミ投棄事件《とうきじけん》』も無事解決《ぶじかいけつ》だね。」

私《わたし》が言《い》うと、

「上杉《うえすぎ》も、いっしょだったらよかったのに。」

小塚《こづか》クンがポツリと言《い》った。

私《わたし》は、自分《じぶん》だけが重大《じゅうだい》な秘密《ひみつ》を知《し》っていることをうしろめたく思《おも》った。

だって、みんな、上杉《うえすぎ》クンのことを本気《ほんき》で心配《しんぱい》しているから。

「アーヤ？　どうかした？」

黙《だま》り込《こ》んだ私《わたし》の顔《かお》を、黒木《くろき》クンがのぞきこむように、じっと見《み》た。

——上杉《うえすぎ》クンは、約束《やくそく》を破《やぶ》っても、許《ゆる》してくれるだろうか。

私は迷《まよ》った末《すえ》に、思《おも》いきってさっきの話《はなし》を打《う》ち明《あ》けた。

「上杉《うえすぎ》クンね……、目《め》の病気《びょうき》で、もしかしたら失明《しつめい》するかもしれないんだって。手術《しゅじゅつ》の成功率《せいこうりつ》は、40％《パーセント》で、失敗《しっぱい》したら完全《かんぜん》に見《み》えなくなるかもしれないって。」

黒木《くろき》クンと小塚《こづか》クンが立《た》ち止《ど》まり、私《わたし》の顔《かお》をじっと見《み》ているのがわかった。でも、私《わたし》はふたりの視線《しせん》を重《おも》たく感《かん》じて、うつむいたままだった。

しばらく無言《むごん》が続《つづ》き、ようやく黒木《くろき》クンが、

「……詳《くわ》しく話《はな》してくれる？」

と口《くち》を開《ひら》いた。私《わたし》は大《おお》きくうなずいた。


――これは、ずいぶんあとになってから、上杉《うえすぎ》クンが私《わたし》に話《はな》してくれたことなんだけど、次《つぎ》の日《ひ》、黒木《くろき》クンはさっそく上杉《うえすぎ》クンの家《いえ》を訪《たず》ねたらしい。

黒木《くろき》クンの顔《かお》を見《み》て、

「……聞《き》いたのか……。」

上杉《うえすぎ》クンは、すぐに事情《じじょう》を察《さっ》したそうだ。

最初《さいしょ》は黙《だま》ったまま厳《きび》しい表情《ひょうじょう》をしていたけれど、黒木《くろき》クンが、

「アーヤを責《せ》めるなよ。お前《まえ》のことが心配《しんぱい》なんだ。オレたちもな。」

と説明《せつめい》したので、ようやく観念《かんねん》して、詳《くわ》しい話《はなし》を始《はじ》めたという。

「……スイスの、オレの病気《びょうき》では世界的《せかいてき》な権威《けんい》のドクターが診察《しんさつ》してくれることになった。手術《しゅじゅつ》を

受《う》けるかどうかは、向《む》こうへ行《い》ってから決《き》めるつもりなんだ。でも、世界的権威《せかいてきけんい》とはいえ、成功率《せいこうりつ》は100%《パーセント》じゃない。じつは、なかなか、踏《ふ》ん切《ぎ》れないでいる。」

迷《まよ》っている気持《きも》ちをすごく正直《しょうじき》に告白《こくはく》したら、黒木《くろき》クン、

「……まぁ、そうだよな。――けど、オレは手術《しゅじゅつ》を勧《すす》める。」

って、キッパリ言《い》い切《き》ったんだって。

上杉《うえすぎ》クンは、黒木《くろき》クンが「手術《しゅじゅつ》を勧《すす》める。」と、はっきり言《い》い切《き》ったことに、とても驚《おどろ》いたみたい。

「お前《まえ》、そういうの、うまくいかなかった時《とき》に責任感《せきにんかん》じるから、ふつう何《なに》も言《い》わないもんだろ。」

そう言《い》いながら、黒木《くろき》クンを見《み》たら、黒木《くろき》クンは上杉《うえすぎ》クンの顔《かお》を見《み》たまま、もう一度《いちど》キッパリと言《い》ったらしい。

「オレがお前《まえ》だったら、絶対《ぜったい》やる。」

「トライしなかったら、何《なに》も始《はじ》まんないだろ。」

真剣勝負《しんけんしょうぶ》のときのような、ピンと張《は》り詰《つ》めた空気《くうき》がしばらく続《つづ》き、「じゃあな。」って黒木《くろき》クンは帰《かえ》って行《い》ったんだって。

結局《けっきょく》、上杉《うえすぎ》クンは、スイスの病院《びょういん》で手術《しゅじゅつ》を受《う》けた。

成功率《せいこうりつ》は100%《パーセント》じゃない手術《しゅじゅつ》。もしかしたら、失明《しつめい》してしまうかもしれない手術《しゅじゅつ》。

でも、手術《しゅじゅつ》を受《う》けることを上杉《うえすぎ》クンは、自分《じぶん》で決《き》めて、そして実行《じっこう》した。

それって、とても勇気《ゆうき》のいる、すごいことだよね？

そして、若武《わかたけ》と黒木《くろき》クンは、「数《かず》の上杉《うえすぎ》」の座《ざ》を守《まも》るために、試験《しけん》ではふたり交互《こうご》にトップになり続《つづ》けていた。数学《すうがく》のトップはオレたちが守《まも》るっていう、その言葉通《ことばどお》り実行《じっこう》し続《つづ》けちゃうこのふたりも、やっぱりすごい。

そして、今日《きょう》がついに、そのふたりのトップ争《あらそ》いの最終日《さいしゅうび》になるかもしれなかった。

手術《しゅじゅつ》を終《お》えたあと療養《りょうよう》していた上杉《うえすぎ》クンが、とうとう塾《じゅく》に戻《もど》ってくるから！

若武《わかたけ》はさっきから教室内《きょうしつない》を落《お》ち着《つ》きなくウロウロしている。

「ちょっとは、じっとしてたら？」

と言《い》ってみても、

「じっとなんか、してられるかよ！」

確《たし》かに、じつは私《わたし》もさっきから何《なに》も手《て》につかないでいた。

「あ！」

最初《さいしょ》に気《き》づいたのは、小塚《こづか》クンだった。

「上杉《うえすぎ》！」

「おかえり！」

廊下《ろうか》の向《む》こうから、上杉《うえすぎ》クンが教室《きょうしつ》のほうへやってきている。

みんな駆《か》け寄《よ》って、上杉《うえすぎ》クンの顔《かお》を見《み》るのが精一杯《せいいっぱい》。肌《はだ》がつやつやして、元気《げんき》そうな顔色《かおいろ》を見《み》て、私《わたし》は、ちょっとだけホッとし

ていた。

「手術《しゅじゅつ》は成功《せいこう》。バッチリ見《み》えるよ。」

上杉《うえすぎ》クンのこの言葉《ことば》に、みんな一瞬黙《いっしゅんだま》り込《こ》み、そして、ホーッというような、安心《あんしん》したような声《こえ》が漏《も》れた。私《わたし》は涙《なみだ》が出《で》そうになるのを必死《ひっし》で我慢《がまん》していた。――よかった……。

「今日《きょう》から、『数《かず》の上杉《うえすぎ》』復活《ふっかつ》だな。」

「当然《とうぜん》。」

「ねえ、カフェテリア行《い》こうよ。」

黒木《くろき》クンと小塚《こづか》クンが上杉《うえすぎ》クンを挟《はさ》み、肩《かた》をぶつけあいながら、じゃれあっている。

これでやっと、KZ《カッズ》が揃《そろ》った……。

私《わたし》は、4人《にん》のメンバーのうしろ姿《すがた》を見《み》ながら、幸《しあわ》せな気持《きも》ちでいっぱいだった。

「アーヤ？　何《なに》してるの？」

若武《わかたけ》が振《ふ》り返《かえ》って、私《わたし》を誘《さそ》う。

「置《お》いていくぞ！」

これは、上杉《うえすぎ》クン。

「行《い》こう。」

黒木《くろき》クンに笑顔《えがお》で促《うなが》され、私《わたし》はみんなのもとへ駆《か》け寄《よ》った。

「うん！　行《い》こう！」

バレンタインは
知《し》っている
14

その1

「奈子《なこ》は、智《とも》クンにあげるんだ！」妹《いもうと》の奈子《なこ》が、カレンダーの2月《がつ》14日《か》に赤丸《あかまる》をしている。

妹《いもうと》は小学《しょうがく》2年生《ねんせい》なのに、彼氏《かれし》がいる。中学生《ちゅうがくせい》の私《わたし》には、そういう特別《とくべつ》な人《ひと》がいない。

でも、特別《とくべつ》な人《ひと》がいないからって、誰《だれ》でもいいってわけじゃない。やっぱり、一番《いちばん》って思《おも》える人《ひと》に、バレンタインのチョコをあげたいもん。

まぁ、その、肝心《かんじん》の「一番《いちばん》って思《おも》える人《ひと》」がいないってことが、個人的《こじんてき》には大問題《だいもんだい》なんだけど。

ああ……これこそ、女子《じょし》にとっての大事件《だいじけん》としか言《い》いようがないよ。

私《わたし》が通《かよ》う塾《じゅく》も、バレンタインになると大騒《おおさわ》ぎになる。

サッカーチームKZ《カッズ》のメンバーに、チョコがどっさり届《とど》くから。

KZ《カッズ》のメンバーになれるのは、スポーツも成績《せいせき》もトップクラスの子《こ》たちだけ。だから、すごい人気《にんき》なの。メンバーにチョコを渡《わた》したい子《こ》が殺到《さっとう》しちゃうんだ。

だけど、サッカーチームKZ《カッズ》に直接《ちょくせつ》チョコレートを渡《わた》すのはルール違反《いはん》なのね。

だって、たくさんの子《こ》が持《も》ってくるから、もらうほうも塾《じゅく》も大変《たいへん》でしょ。

だから、2月《がつ》になると、塾《じゅく》にはバレンタインポストが置《お》かれる。

バレンタインポストに、チョコをあげたいメンバーの名前《なまえ》を書《か》いて入《い》れるのが、毎年《まいとし》のルールになってるんだ。

サッカーチームKZ《カッズ》に入《はい》ってる若武《わかたけ》たちは、きっとたくさんチョコレートもらうんだろうなぁ。

でも、みんなは私《わたし》にとって友《とも》だちだから、チョコをあげるのは、どうしようかな……。

私《わたし》はふと、転校《てんこう》しちゃった砂原《すなはら》のことを思《おも》い出《だ》した。

——「おまえの友《とも》だちって、何人《なんにん》いるんだよ。」

「え……？　4人《にん》かな。」

「じゃ、オレも入《い》れて5人《にん》だな。友《とも》だちは何人《なんにん》？　って聞《き》かれたら、これからは5人《にん》って言《い》うんだぞ。約束《やくそく》しろよ。」——

私《わたし》たちは、そんなふうに「友《とも》だち」の約束《やくそく》をしたのだった。

砂原《すなはら》は、ちょっと怖《こわ》そうに見《み》えるけれど、クラスになじめなかった私《わたし》を助《たす》けてくれた。

卵《たまご》ハンバーグの事件《じけん》でお父《とう》さんの会社《かいしゃ》が倒産《とうさん》して、転校《てんこう》しちゃったけど。元気《げんき》にしているかな？

「立花《たちばな》、おい、立花《たちばな》！」

「は、はい！」

江川先生《えがわせんせい》の声《こえ》で、ハッと我《われ》に返《かえ》った。そうだ、今《いま》は塾《じゅく》の授業中《じゅぎょうちゅう》だった。

砂原《すなはら》のことを思《おも》い出《だ》してぼんやりしている私《わたし》を注意《ちゅうい》したあと、先生《せんせい》は話《はなし》をもう一度《いちど》繰《く》り返《かえ》した。

「しっかりしてくれよ、立花《たちばな》。いいか。みんなも、もう一度《いちど》言《い》うぞ。最近《さいきん》不良《ふりょう》にお金《かね》などを脅《おど》し取《と》られる被害《ひがい》がたくさん起《お》きている。帰《かえ》り道《みち》にじゅうぶん気《き》をつけるように。」

不良《ふりょう》にとり囲《かこ》まれ財布《さいふ》ごと奪《うば》われるなど、怖《こわ》い事件《じけん》が発生《はっせい》していることは、塾生《じゅくせい》の間《あいだ》でも前《まえ》からウワサにはなっていた。

「こわいなぁ。」

「バレンタインムードぶち壊《こわ》しだよね。」

女子《じょし》はみんな口々《くちぐち》に不安《ふあん》そうな顔《かお》をしている。

早《はや》く帰《かえ》ろ。私《わたし》も帰《かえ》り支度《じたく》をさっさと済《す》ませ、玄関《げんかん》に向《む》かった。

「アーヤ！」

塾《じゅく》の玄関《げんかん》を出《で》たところで、呼《よ》び止《と》められた。

振《ふ》り向《む》くと、若武《わかたけ》をはじめ探偵《たんてい》チームのみんなが揃《そろ》っている。

「あれ！　みんな、どうしたの？」

近《ちか》づこうとしたら、

「わ、サッカーチームKZ《カッズ》のメンバーだ。」

「シャリの小塚《こづか》クンもいる、すごい。」

そんな女子《じょし》たちの声《こえ》が聞《き》こえてきて、私《わたし》は思《おも》わず足《あし》が止《と》まってしまった。

そうだった。すっかり忘《わす》れてたけど、若武《わかたけ》も、黒木《くろき》クンも、上杉《うえすぎ》クンも、小塚《こづか》クンも、この塾《じゅく》じゃ優秀《ゆうしゅう》クラスの超有名人《ちょうゆうめいじん》なのだった。

そのメンバーがそろってるんだもん、そりゃ注目集《ちゅうもくあつ》めるよね。

「でも……ねえ、あの子《こ》、誰《だれ》？」

「知《し》らな〜い。」

──私《わたし》、目立《めだ》ってる……恥《は》ずかしい！　注目《ちゅうもく》されるのがイヤで、私《わたし》はメンバーに知《し》らん顔《かお》して間《あいだ》をすり抜《ぬ》け、ツカツカと歩《ある》いてしまった。

「あれ？　おい、アーヤ！　歩《ある》くの速《はや》すぎ！　行《い》くなよ、いっしょに帰《かえ》ろうと思《おも》って。」

若武《わかたけ》が追《お》いかけてきたけど、私《わたし》は足《あし》が止《と》まらない。

「だ、大丈夫《だいじょうぶ》。ひとりで帰《かえ》れるから。」

必死《ひっし》で声《こえ》を絞《しぼ》り出《だ》した。

黒木《くろき》クン、上杉《うえすぎ》クン、小塚《こづか》クンも追《お》いかけてきてくれた。そして、かわるがわるこう言《い》った。

「不良《ふりょう》の話《はなし》を聞《き》いただろ？　女《おんな》の子《こ》ひとりで夜道《よみち》は危険《きけん》だ。」

「特《とく》に、立花《たちばな》の帰《かえ》る方向《ほうこう》で、発生率《はっせいりつ》が高《たか》い。」

「ボクもひとりで帰《かえ》るのは不安《ふあん》だし、ね、みんなでいっしょに帰《かえ》ろ⁉」

私《わたし》を心配《しんぱい》してくれる、みんなの優《やさ》しい気持《きも》ちが伝《つた》わってきて、私《わたし》はようやく落《お》ち着《つ》いてきた。

「……うん、わかった。」

結局《けっきょく》5人《にん》でゆっくり歩《ある》いて帰《かえ》った。

若武《わかたけ》は、バレンタインに何個《なんこ》チョコをもらえるかが、今《いま》、最大《さいだい》の関心事《かんしんじ》みたいだ。

「なーなー、女子《じょし》の意見《いけん》聞《き》かせて。バレンタインって、どうやったらチョコレートたくさんもらえるんだ？」

「え？」

バレンタインの話題《わだい》は今《いま》、いちばんナイーブなのに、若武《わかたけ》はまったく何《なに》も感《かん》じていないみたい。

「去年《きょねん》より、もっともっとたくさん欲《ほ》しい！　好《す》きな子《こ》じゃなくてもいい。義理《ぎり》でもなんでもいいから、たくさん欲《ほ》しいんだ！」

好《す》きな子《こ》じゃなくてもいい!?　義理《ぎり》でもなんでもいい!?

「え、若武《わかたけ》、本気《ほんき》で言《い》ってる……？」

「しょうがないよ。男《おとこ》には、質《しつ》より量《りょう》っていうベクトルがあるんだ。オレには、ないけどね。」

上杉《うえすぎ》クンが、若武《わかたけ》の気持《きも》ちと行動《こうどう》を解説《かいせつ》してくれた。

べ、ベクトルって、「物事《ものごと》の向《む》かう方向《ほうこう》」って意味《いみ》だよね？

私《わたし》は、数学《すうがく》の得意《とくい》な上杉《うえすぎ》クンらしい言《い》い方《かた》だなぁって思《おも》って感心《かんしん》して聞《き》いていた。

すると突然若武《とつぜんわかたけ》がまた図々《ずうずう》しいことを聞《き》いてきた。

「アーヤはオレにチョコレートくれるよなぁ？」

えっ？　私《わたし》にもそんなこと言《い》うわけ!?

「質《しつ》より量《りょう》なんでしょ？　たくさんのなかのひとつだと思《おも》ったら、あげたくない。」

せっかくのバレンタインだよ？　なんてロマンチックじゃないんだろう？　信《しん》じらんない。

私《わたし》が心《こころ》のなかでプンプン怒《おこ》っているのに、若武《わかたけ》は、それも感《かん》じないらしい。

「なー、なー、くれよぉー。もってこいよー。」

と、しつこく食《く》い下《さ》がってくる。

「ぜったいイヤ。あげない！」

「いいじゃん、くれよぉ。」

「そんな約束《やくそく》、しない！」

「くれよー、くれよー。」

若武《わかたけ》と言《い》い合《あ》いしてたら、黒木《くろき》クンが、真剣《しんけん》な顔《かお》をして割《わ》って入《はい》ってきた。いつになく早口《はやくち》だ。

「話《はな》し中《ちゅう》、悪《わる》いんだけど。たぶん、オレたち、尾行《びこう》されてる。」

「え？」

私《わたし》が立《た》ち止《ど》まりかけたら、さっきとは明《あき》らかに表情《ひょうじょう》が変《か》わった若武《わかたけ》が、

「止《と》まるな！」

と、これも小声《こごえ》の早口《はやくち》で言《い》ってきた。

「足音《あしおと》からして、10人《にん》ちょっとだ。前《まえ》にも人影《ひとかげ》が見《み》える。待《ま》ち伏《ぶ》せかもしれない。」

「例《れい》の不良《ふりょう》だな。おもしろい。やってやろう！」

若武《わかたけ》は戦闘意欲《せんとういよく》をむき出《だ》しにした。

「待《ま》てよ。アーヤもいるんだよ。」

小塚《こづか》クンが慎重《しんちょう》に言《い》った。

「……逃《に》げるべきだな。ここは。」

上杉《うえすぎ》クンも同意《どうい》した。

若武《わかたけ》は、少《すこ》し考《かんが》えたあと、それぞれに指令《しれい》を出《だ》した。

「よし。逃《に》げるとすれば、あの先《さき》の十字路《じゅうじろ》だ。チームに分《わ》かれて、3方向《ほうこう》に散《ち》るのがベストだ。まず、いち早《はや》くオレと小塚《こづか》は左《ひだり》に走《はし》る。やつらが追《お》いかけてきたあとにできた隙間《すきま》を黒木《くろき》は抜《ぬ》けてくれ。少《すこ》し遅《おく》れて、上杉《うえすぎ》、アーヤは右《みぎ》。追《お》いつかれないように、走《はし》ってくれ。」

「わかった。」

上杉《うえすぎ》クンが真剣《しんけん》な顔《かお》で答《こた》えた。

「行《い》くぞ！」

みんながそれぞれの方向《ほうこう》に走《はし》り出《だ》した。

私《わたし》は上杉《うえすぎ》クンと走《はし》り出《だ》したけど、正直速《しょうじきはや》すぎてついていけない。

「は、速《はや》いよ！」

「え!?　走《はし》れないなら、担《かつ》ぐぞ！」

「ええっ！　それは無理《むり》！　頑張《がんば》る！」

担《かつ》がれるなんて、想像《そうぞう》しただけで恥《は》ずかしいもん。私《わたし》は必死《ひっし》で走《はし》った。息《いき》が切《き》れている。

不良《ふりょう》たちから遠《とお》く離《はな》れ、倒《たお》れこむようにしてベンチに座《すわ》った。

「若武《わかたけ》も、黒木《くろき》も、小塚《こづか》も、みんな無事《ぶじ》だ。」

上杉《うえすぎ》クンのスマホに連絡《れんらく》が入《はい》った。……よかった……。


「不良《ふりょう》グループのなかに、砂原《すなはら》がいたんだ。」

切《き》り出《だ》したのは、黒木《くろき》クンだった。

「昨日《きのう》のことだけど。」

翌日《よくじつ》、塾《じゅく》のカフェテリアに行《い》くと、みんな暗《くら》い顔《かお》をしていた。


まさか。


うそ……。あの砂原《すなはら》が……？

黒木《くろき》クンの言葉《ことば》が、すぐには、信《しん》じられなかった。

「あいつ、何《なに》やってんだ……。」

上杉《うえすぎ》クンが、苛立《いらだ》ったように、ひとりごとを言《い》った。

うそ……。間違《まちが》いであってほしい……。

砂原《すなはら》の声《こえ》がよみがえってきた。

——友《とも》だちは何人《なんにん》？　って聞《き》かれたら、これからは5人《にん》って言《い》うんだぞ。約束《やくそく》しろよ。——

その2

砂原《すなはら》は、見《み》た目《め》はちょっと怖《こわ》そうなんだけど、クラスになじめなかった私《わたし》を助《たす》けてくれた恩人《おんじん》。卵《たまご》ハンバーグ事件《じけん》でお父《とう》さんの会社《かいしゃ》が倒産《とうさん》しちゃって、それで転校《てんこう》してからずっと会《あ》っていない、電話《でんわ》もしていないけど、私《わたし》の大事《だいじ》な友《とも》だちのひとりなんだ……。

その砂原《すなはら》が、不良《ふりょう》のなかにいたなんて。

カフェテリアで探偵《たんてい》チームKZ《カッズ》のメンバーと集《あつ》まっていた。

みんな砂原《すなはら》の一件《いっけん》を聞《き》いて、うかない顔《かお》をしている。

上杉《うえすぎ》クンがイライラした口調《くちょう》で言《い》った。

「砂原《すなはら》、何《なに》やってんだよ、あいつ。」

私《わたし》は、確《たし》かにショックだったけど、でもまだ砂原《すなはら》を信《しん》じたい気持《きも》ちも残《のこ》っていた。

「きっと、何《なに》か事情《じじょう》があるはず。本人《ほんにん》に、ちゃんと聞《き》いたほうがいいよ。それに、不良《ふりょう》グループなんてやめさせないと。」

またしばらく沈黙《ちんもく》……。すると若武《わかたけ》が、突然《とつぜん》、

「よしっ！」

と大声《おおごえ》を出《だ》して立《た》ち上《あ》がった。みんなの視線《しせん》が若武《わかたけ》に集《あつ》まる。

若武《わかたけ》は、何《なに》かを決意《けつい》したって感《かん》じで、こう宣言《せんげん》した。

「オレたち以外《いがい》にも、不良《ふりょう》グループの被害者《ひがいしゃ》はたくさんいる。殴《なぐ》られてケガした人《ひと》もいる。アーヤ、事件《じけん》ノートに記録《きろく》してくれ！　今回《こんかい》のオレたちの目的《もくてき》は、砂原《すなはら》の救出《きゅうしゅつ》と、不良《ふりょう》グループの撲滅《ぼくめつ》だ！」

若武《わかたけ》が砂原《すなはら》を助《たす》ける気《き》だとわかって、私《わたし》はほっとした。

若武《わかたけ》は、みんなの顔《かお》を見回《みまわ》して、こう言《い》った。

「やつらが起《お》こした事件《じけん》は、上杉《うえすぎ》と小塚《こづか》で洗《あら》い出《だ》してくれ。オレと黒木《くろき》は、どんなやつがつるんでいるか、調査《ちょうさ》するから。」

で、私《わたし》のほうに向《む》き直《なお》り、

「そしてアーヤは……。砂原《すなはら》に接触《せっしょく》して、直接事情《ちょくせつじじょう》を聞《き》き出《だ》してくれ。」

と指令《しれい》を出《だ》した。

接触《せっしょく》っ！　直接《ちょくせつ》っ！

その言葉《ことば》に私《わたし》がドキドキしていると、小塚《こづか》クンと上杉《うえすぎ》クンがあわてて反対《はんたい》した。

「それは、いくらなんでも危険《きけん》じゃない!?」

「そうだ、砂原《すなはら》は今《いま》、本当《ほんとう》の不良《ふりょう》かもしれないんだぜ。」

「アーヤに何《なに》かあったらどうする。」

黒木《くろき》クンまで、心配《しんぱい》してくれている。でも、若武《わかたけ》には考《かんが》えがあるようで、自信《じしん》たっぷりにこう言《い》った。

「砂原《すなはら》は、オレたちのことは、きっと警戒《けいかい》する。でも、アーヤなら大丈夫《だいじょうぶ》。理由《りゆう》は……。」

「理由《りゆう》は……？」

「チョコレートだ！　バレンタインにチョコレートを渡《わた》すって言《い》えば、どんな男《おとこ》でも、たとえ不良《ふりょう》だって、嚙《か》み付《つ》きゃしないぜ。」

すっごい作戦《さくせん》や、頭脳的《ずのうてき》な戦略《せんりゃく》を期待《きたい》してた私《わたし》は、あまりにも単純《たんじゅん》な理由《りゆう》に気《き》が抜《ぬ》けてしまった。

ねえ、男《おとこ》の子《こ》って、そんなに単純《たんじゅん》なの⁉

私《わたし》はこっそり、若武《わかたけ》を含《ふく》めたメンバーの顔《かお》を見《み》てみた。けど、驚《おどろ》いたことにみんな「わかる、わかる。」って顔《かお》してた。

「な、この機会《きかい》を利用《りよう》して、アーヤはできるだけの情報《じょうほう》を聞《き》き出《だ》すんだ。」

「うん、わかった。私《わたし》も、砂原《すなはら》だったら、チョコレート渡《わた》していいって思《おも》える。」

そう言《い》うと、

「オレにはチョコレートくれないって言《い》ってたのにな……。」

と若武《わかたけ》はブツブツ言《い》いつつ、

「よ、よし、じゃあ、砂原《すなはら》の携帯番号《けいたいばんごう》を教《おし》えとく……。」

と、スマホを検索《けんさく》し始《はじ》めた。

「あ、大丈夫《だいじょうぶ》。携帯番号《けいたいばんごう》は、前《まえ》から知《し》ってるの。」

そう答《こた》えたら、

「ええっ！　いったい、どういう関係《かんけい》なんだよ！」

若武《わかたけ》だけでなく、ほかのメンバーもギョッとしたような顔《かお》でいっせいに私《わたし》を見《み》た。


女子中高生《じょしちゅうこうせい》に人気《にんき》のあるチョコレートショップの店内《てんない》には、甘《あま》い香《かお》りが充満《じゅうまん》している。

この時期《じき》、この店《みせ》のなかは、いろんな制服《せいふく》の女子《じょし》だらけ。

レジの前《まえ》には、思《おも》い思《おも》いのチョコレートを持《も》った女子《じょし》たちが並《なら》び、長蛇《ちょうだ》の列《れつ》ができている。

私《わたし》は、いろんなチョコを手《て》に取《と》りながら、砂原《すなはら》にあげるチョコを選《えら》んでいた。

「う〜ん、……あ、これがいいかも。」

私《わたし》は、カカオ80％《パーセント》の板《いた》チョコに小《ち》さなハンマーがついているチョコを手《て》に取《と》った。

——なんかカッコよくて、砂原《すなはら》っぽい。これなら、たぶん砂原《すなはら》も喜《よろこ》んでくれる。

私《わたし》は、砂原《すなはら》が包《つつ》み紙《がみ》を開《あ》けて嬉《うれ》しそうに笑《わら》っている顔《かお》を思《おも》い浮《う》かべた。

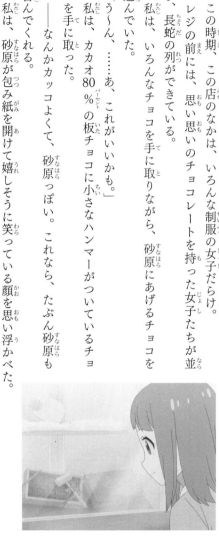

ハンマーチョコを買《か》って帰《かえ》り、私《わたし》は砂原《すなはら》にメッセージを書《か》いた。

自分《じぶん》の気持《きも》ちが伝《つた》わるように、文面《ぶんめん》を一生懸命考《いっしょうけんめいかんが》えて書《か》いた。

「よし。」

私《わたし》は、買《か》ってきたチョコレートと、書《か》き上《あ》げたカードをしばらく目《め》の前《まえ》に置《お》き、ようやく決意《けつい》した。

「はい。」

あのとき砂原《すなはら》がくれた紙片《しへん》。携帯番号《けいたいばんごう》の数字《すうじ》が、丁寧《ていねい》な筆跡《ひっせき》で書《か》かれてある。

砂原《すなはら》の携帯《けいたい》に電話《でんわ》する。

「っ……。」

うわっ、緊張《きんちょう》して声《こえ》がでない。

「誰《だれ》？　……誰《だれ》だよ。」

「たち……ばなです。」

私《わたし》はようやく、絞《しぼ》り出《だ》すように名前《なまえ》を名乗《なの》った。

「——戻《もど》ってきたんだって？　元気《げんき》だった？　ひさしぶり……あの、バレンタインにチョコレート、砂原《すなはら》に渡《わた》したくて……。」

長《なが》い沈黙《ちんもく》のあと、ようやく砂原《すなはら》の声《こえ》が聞《き》こえてきた。

「……今《いま》、おまえの名前聞《なまえき》いて、オレ、息《いき》ができなかった。すげー、嬉《うれ》しくて。そんで、そのあと、バレンタインのこと聞《き》いて、完璧《かんぺき》、呼吸止《こきゅうと》まった感《かん》じ。死《し》ぬかと思《おも》ったー。この喜《よろこ》び。わかる？」

喜《よろこ》ぶ気持《きも》ちを、ビックリするくらい正直《しょうじき》に話《はな》してくれる砂原《すなはら》に、私《わたし》のほうが照《て》れてしまうよ。あ、よかった！

砂原《すなはら》の声《こえ》が、さっきとはぜんぜん違《ちが》うくらい、暗《くら》くなった。

「……ごめん。すごくうれしいけど、やっぱ受《う》け取《と》れない。」

「でも……。」

「え？」

「オレに近《ちか》づかないほうがいい。危険《きけん》だから。バレンタインはほかのやつにやりなよ。じゃあな。」

砂原《すなはら》はそう言《い》って、一方的《いっぽうてき》に電話《でんわ》を切《き》ってしまった。

一瞬《いっしゅん》、何《なに》が起《お》きたのか理解《りかい》できなかった。

私《わたし》は呆然《ぼうぜん》とするばかりで、もうつながっていない電話《でんわ》の子機《こき》をしばらく握《にぎ》りしめていた。

数日後《すうじつご》。

私《わたし》たちは、若武《わかたけ》んちに集《あつ》まった。遅《おく》れてやってきた黒木《くろき》クンに、みんなびっくり。なぜって、真《ま》っ黒《くろ》な不良《ふりょう》ファッション

だったから。「不良《ふりょう》を調査《ちょうさ》するための〝調査服《ちょうさふく》〟だ。」と言《い》って、黒木《くろき》クンは不良《ふりょう》グループの概要《がいよう》について報告《ほうこく》を始《はじ》めた。

「あいつらは、新《あたら》しい形《かたち》の不良《ふりょう》グループだ。恐喝《きょうかつ》、強盗《ごうとう》、さらに振《ふ》り込《こ》め詐欺《さぎ》までする。」

ノートに記録《きろく》をとっていた私《わたし》は、思《おも》わず手《て》が止《と》まってしまった。砂原《すなはら》は、とんでもないグループに入《はい》ってるんだ……。

「すげー！　なんか大《おお》きい話《はなし》になってきたな！」

若武《わかたけ》だけは、なんだか嬉《うれ》しそうに興奮《こうふん》している。

黒木《くろき》クンの調査《ちょうさ》によると、不良《ふりょう》グループにはリーダーらしきリーダーがおらず、謎《なぞ》の指令者《しれいしゃ》がいるらしい。その名《な》は『ファントムX《エックス》』。

「ファントムX《エックス》からの指令《しれい》は電話連絡《でんわれんらく》のみだ。会《あ》えるのは限《かぎ》られたメンバーだけ。ファントムX《エックス》が誰《だれ》かを突《つ》き止《と》めるには、時間《じかん》が必要《ひつよう》だ……。」

「ありがとう。さすが黒木《くろき》。引《ひ》き続《つづ》き、頼《たの》む。アーヤは、どうだった？　砂原《すなはら》と、連絡《れんらく》とれたか？」

私《わたし》は、みんなに申《もう》しわけない気持《きも》ちで報告《ほうこく》をした。

「チョコレートは嬉《うれ》しいって。だけど、断《ことわ》られた……。」

「え？　どういうこと？」

「嬉《うれ》しいけど、会《あ》えないって。危《あぶ》ないから、近《ちか》づくなって……言《い》われた。」

「危《あぶ》ない？」

黒木《くろき》クンがピンときたらしく、調査結果《ちょうさけっか》を補足《ほそく》して説明《せつめい》してくれた。

「あいつ、今《いま》、親《おや》と離《はな》れて遠《とお》い親戚《しんせき》の世話《せわ》になっているから、何《なに》かと大変《たいへん》なんだと思《おも》う。親戚《しんせき》の会《かい》社《しゃ》は、上原塗装工業《うえはらとそうこうぎょう》っていったかな。」

その夜《よる》、家《いえ》に帰《かえ》ってきてからも、私《わたし》は〝私《わたし》にできることってなんだろう〟って、考《かんが》え続《つづ》けていた。砂原《すなはら》のために、私《わたし》がしてあげられること。

「やっぱり砂原《すなはら》にチョコレートを持《も》っていこう。私《わたし》にできることをしよう！」

私《わたし》は心《こころ》を決《き》めて、上原塗装工業《うえはらとそうこうぎょう》を訪《たず》ねてみることにした。

土曜日《どようび》の昼《ひる》、メモを頼《たよ》りにしながら歩《ある》いていくと、「上原塗装工業《うえはらとそうこうぎょう》」という看板《かんばん》が見《み》えてきた。

「あ、あそこだ。……よし。」

敷地《しきち》に入《はい》っていくと、入《い》り口《ぐち》でガラの悪《わる》そうな5人《にん》がたむろしている。

私《わたし》を見《み》つけると、

「なんだ？　おまえ。」

とにらみつけ、足元《あしもと》から頭《あたま》まで舐《な》め上《あ》げるように全身《ぜんしん》を見《み》られた。

逃《に》げようとすると、今度《こんど》は突然《とつぜん》うしろから腕《うで》をつかまれた。

「ひっ！」

腕《うで》をつかんできたのは、砂原《すなはら》だった。

「来《く》るなって言《い》っただろ！」

砂原《すなはら》が真剣《しんけん》な顔《かお》をして私《わたし》を怒鳴《どな》った。砂原《すなはら》の背後《はいご》から、でっぷりと太《ふと》った男《おとこ》が近《ちか》づいてきた。

「砂原《すなはら》、なんだ？　揉《も》め事《ごと》か？」

「なんでもない……。」

その男《おとこ》は、私《わたし》がもっている手提《てさ》げ袋《ぶくろ》に目《め》をやった。

「お。これ、バレンタインのチョコじゃねーの？　砂原《すなはら》にあげるの？」

からかうような口調《くちょう》だったけど、私《わたし》は怯《おび》えつつ、うんうん、とうなずいた。

「受《う》け取《と》らないって言《い》ったろ！　もって帰《かえ》れよ！」

「んだよ。砂原《すなはら》ー。つめてーなぁ。だったらオレがもらってやるよ。何《なに》しろオレって優《やさ》しいから。」

「あ！」

太《ふと》った男《おとこ》に手提《てさ》げ袋《ぶくろ》を奪《うば》われてしまった。

「返《かえ》せ！　小野塚《おのづか》！」

砂原《すなはら》が声《こえ》を荒《あら》らげても、その男《おとこ》はいっこうに動《どう》じない。

「小野塚《おのづか》さん、だろ。砂原《すなはら》よぉ。」

「……。とにかく帰《かえ》れ！」

砂原《すなはら》の真剣《しんけん》な声《こえ》とあまりの怖《こわ》さで、私《わたし》はあわててその場《ば》を逃《に》げ出《だ》した。

その3

砂原《すなはら》に、バレンタインのチョコを渡《わた》しに行《い》ったけど、うまくいかなかった。

「とにかく帰《かえ》れ！」

そう怒鳴《どな》る砂原《すなはら》の真剣《しんけん》な顔《かお》がよみがえってくる。

砂原《すなはら》を怒《おこ》らせちゃったし、探偵《たんてい》チームKZ《カッズ》の役《やく》にも立《た》てなかった……。

翌朝《よくあさ》、ちょっぴり憂鬱《ゆううつ》な気分《きぶん》のまま駅《えき》に近《ちか》づくと、

「あれ、バレンタインのカードじゃない？」

「落《お》としちゃったのかな？」

という女子高生《じょしこうせい》たちの声《こえ》が耳《みみ》に飛《と》び込《こ》んできた。彼女《かのじょ》たちが見《み》上《あ》げている駅《えき》の掲示板《けいじばん》には、見覚《みおぼ》えのあるデザインのカードが張《は》られている。

「！」

それを見《み》た瞬間《しゅんかん》、体《からだ》がわなわな震《ふる》えた。

「あれ……、砂原《すなはら》に書《か》いた、私《わたし》のカードだ……。」

見知《みし》らぬ男子中学生《だんしちゅうがくせい》のグループも、マジかよ、すっげえ、な

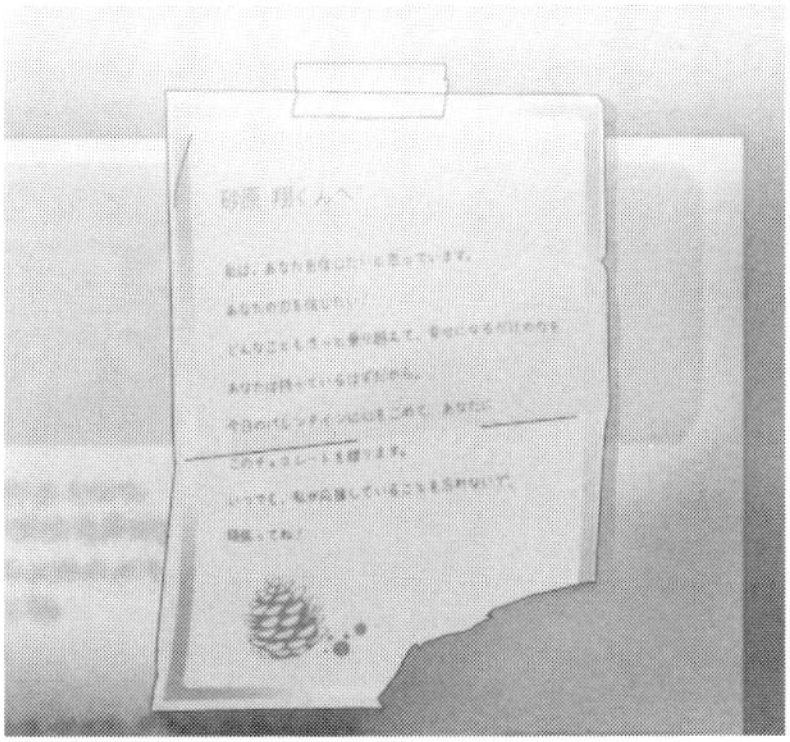

んて言《い》いながら物珍《ものめずら》しそうに掲示板《けいじばん》に集《あつ》まってきている。

そのうちのひとりが、声《こえ》に出《だ》してカードを読《よ》み始《はじ》めた。

「『砂原君《すなはらくん》へ、私《わたし》はあなたを信《しん》じたいと思《おも》っています。あなたは、幸《しあわ》せになるだけの力《ちから》を持《も》っているはずだから……バレンタインに、心《こころ》を込《こ》めてチョコレートを贈《おく》ります。いつでも、私《わたし》が応援《おうえん》していることを忘《わす》れないで、頑張《がんば》ってね！』」

朗読《ろうどく》の声《こえ》がとまった瞬間《しゅんかん》、わーっ！　すげーっ！　という歓声《かんせい》が起《お》き、再《ふたた》び騒《さわ》がしくなった。

「ヒュー、超《ちょう》マジ告白《こくはく》じゃん。」

「これ張《は》り出《だ》したのさぁ、この砂原《すなはら》ってやつ、本人《ほんにん》だよ。」

「え、マジ？」

「オレ、見《み》たもん。」

そこまで聞《き》いて、私《わたし》はその場《ば》にしゃがみ込《こ》み、通学用《つうがくよう》のカバンに顔《かお》を伏《ふ》せた。

そうやってしばらく、うずくまっていたら、突然私《とつぜんわたし》の肩《かた》に誰《だれ》かの手《て》が置《お》かれた。

顔《かお》をあげると、制服姿《せいふくすがた》の黒木《くろき》クンがいた。黒木《くろき》クンのうしろには、小塚《こづか》クンも若武《わかたけ》もいる。

「どうした？　気分《きぶん》でも悪《わる》くなった？」

「アーヤ、大丈夫《だいじょうぶ》？」

みんな、心配《しんぱい》そうに声《こえ》をかけてくれる。けど、とても状況《じょうきょう》を話《はな》せる気分《きぶん》じゃない。

そのとき、すぐそばの掲示板《けいじばん》に張《は》り出《だ》されたカードに気《き》づいた黒木《くろき》クンが、さっとカードを剝《は》がして、持《も》ってきてくれた。

「原因《げんいん》はこれみたいだね。アーヤの字《じ》だ。」

「バレンタインカードじゃん……！　アーヤ、砂原《すなはら》にチョコ、渡《わた》しに行《い》ったのか⁉」

若武《わかたけ》が驚《おどろ》いたように言《い》った。

「断《ことわ》られたって言《い》ってたじゃないか。」

「……何《なに》か砂原《すなはら》の力《ちから》になれるかと思《おも》って。それに、KZ《カッズ》の役《やく》にも立《た》ちたかったたし。」

私《わたし》は苦《にが》いものを飲《の》むときのような気分《きぶん》で、昨日《きのう》の自分《じぶん》の気持《きも》ちを振《ふ》り返《かえ》った。

「どうしてそのカードがあそこに？」

「砂原《すなはら》が張《は》ったって……。見《み》た人《ひと》がいたの。」

「どうしてそんなひどいことを！」

小塚《こづか》クンが憤慨《ふんがい》しながら言《い》った。

横《よこ》にいた若武《わかたけ》も、同《おな》じように怒《いか》りの表情《ひょうじょう》を浮《う》かべつつこう言《い》いだした。

「バレンタインは男《おとこ》にとってチョコ集《あつ》めの競争《きょうそう》みたいなとこがある。でも競争《きょうそう》とはいえもらえたらすっげー嬉《うれ》しいし、その女《おんな》の子《こ》にひどいことなんてぜったいしない。それが男《おとこ》ってもんだ！」

そう言《い》って若武《わかたけ》は胸元《むなもと》でぎゅっと拳《こぶし》を握《にぎ》りしめた。

その様子《ようす》は、ひどいことをした砂原《すなはら》を締《し》め上《あ》げてるみたいな感《かん》

じでもある。

でも、そのあとの若武《わかたけ》の言葉《ことば》は、私《わたし》の予想外《よそうがい》のものだった。

「ただし、もし本当《ほんとう》にこれを砂原《すなはら》が張《は》ったんなら、よほどの理由《りゆう》があったんだ。おまえ、チョコをあげようと思《おも》うぐらいには砂原《すなはら》のこと好《す》きだと思《おも》ったんだろ。だったら、砂原《すなはら》のこと、信《しん》じてやれよ。」

信《しん》じてやれよ、という言葉《ことば》が、ずしんと響《ひび》いた。

そうだ、バレンタインのカードに「信《しん》じたい」「応援《おうえん》している」って書《か》いたんだ……。

「たとえ何《なに》か理由《りゆう》があったとしても、アーヤにこんなことをされて黙《だま》ってるわけにはいかない。」

黒木《くろき》クンが、冷静《れいせい》にきっぱりと言《い》った。

「当然《とうぜん》だ。砂原《すなはら》の行動《こうどう》、それから、例《れい》の不良《ふりょう》グループについて徹底的《てっていてき》に調《しら》べ上《あ》げる。」

若武《わかたけ》もさらにきっぱりと言《い》い切《き》った。砂原《すなはら》のことを信《しん》じる信《しん》じないはともかく、調査《ちょうさ》して事態《じたい》を把握《はあく》していく必要《ひつよう》はある。

「あのさ、これ、ボクに貸《か》しといてよ。何《なに》かわかることがあるかもしれないから。」

小塚《こづか》クンは、そう言《い》いながらジッパーつきのビニール袋《ぶくろ》にバレンタインカードを入《い》れた。

カードのことはショックだったけど、私《わたし》には、KZ《カッズ》という仲間《なかま》がいる。私《わたし》はひとりじゃない。

しぼんでた風船《ふうせん》がまた膨《ふく》らむみたいに、私《わたし》は少《すこ》しずつ元気《げんき》を取《と》り戻《もど》していった。

次《つぎ》の土曜日《どようび》、私《わたし》たちは若武《わかたけ》の家《いえ》に集《あつ》まった。

あいかわらず重厚《じゅうこう》な佇《たたず》まいの書斎《しょさい》に入《はい》ると、黒木《くろき》クンや上杉《うえすぎ》クンが迎《むか》えてくれた。

「やぁ、アーヤ。」

そのとき突然《とつぜん》、パトカーのサイレンの音《おと》が鳴《な》り響《ひび》いた。

「え⁉」

「ああ、オレの着信音《ちゃくしんおん》。はい、若武《わかたけ》……。ああ、……うん。ああ……。」

音《おと》の出《で》どころは、若武《わかたけ》のスマホだった。

――ああ、びっくりしたー。いきなりパトカーのサイレンが鳴《な》るから。若武《わかたけ》ったら、着信音《ちゃくしんおん》まで目立《めだ》ちたがり屋《や》なんだから！

みんなの視線《しせん》を浴《あ》びながら、若武《わかたけ》はスマホをピッと切《き》り、

「小塚《こづか》は少《すこ》し遅《おく》れるらしい。先《さき》に始《はじ》めよう。」

と言《い》った。どうやら電話《でんわ》をかけてきたのは、小塚《こづか》クンだったみたい。

「じゃあ、まずオレから報告《ほうこく》するよ。」

黒木《くろき》クンが手《て》を挙《あ》げ、いつもの落《お》ち着《つ》いた低《ひく》い声《こえ》で話《はな》しはじめた。

「不良《ふりょう》グループのリーダー、『ファントムＸ《エックス》』の正体《しょうたい》は、まだわからない。ただ、ちょっと気《き》になる情報《じょうほう》があってね。ファントムＸ《エックス》は、何《なに》かデカい仕事《しごと》を始《はじ》めるつもりらしい。」

「デカい仕事《しごと》って、何《なに》する気《き》だ?」若武《わかたけ》が尋《たず》ねた。

「さあな。ただ、そのための精鋭部隊《せいえいぶたい》を作《つく》ろうとしているって話《はなし》だ。」

「デカい仕事《しごと》もこなせる、不良《ふりょう》グループのなかの選抜《せんばつ》チームを作《つく》ろうってことか。」

上杉《うえすぎ》クンが眉間《みけん》にしわを寄《よ》せて目《め》を閉《と》じた。

「ああ。ファントムX《エックス》に完全《かんぜん》に服従《ふくじゅう》するかどうかのテストまでしてるらしい。たとえば、真っ裸《まっぱだか》で駅《えき》の周《まわ》りを一周《しゅう》するとか。」

「………。」

「アーヤ、砂原《すなはら》にチョコ渡《わた》しに行《い》ったとき、不良《ふりょう》といっしょだったって言《い》ってただろ。なにか気《き》づいたことないか。」

若武《わかたけ》に尋《たず》ねられ、私《わたし》はあのときの様子《ようす》を思《おも》い出《だ》してみた。

「……そういえば砂原《すなはら》、いっしょにいた男《おとこ》の人《ひと》を、『小野塚《おのづか》さん』って呼《よ》んでた。」

「小野塚《おのづか》⁉」

小野塚《おのづか》、という名前《なまえ》を聞《き》いた若武《わかたけ》が、いきなり前《まえ》のめりになって、私《わたし》に顔《かお》を近《ちか》づけてきた。

「20歳《さい》ぐらいの男《おとこ》か? ガタイのいい。」

上杉《うえすぎ》クンまで、興奮《こうふん》ぎみに尋《たず》ねてくる。

「う、うん。」

「あいつだ!」

若武《わかたけ》が確信《かくしん》したように言《い》った。

「……？」

「サッカーチームKZ《カッズ》のOB《オービー》なんだ。」

「えっ!?」

「評判《ひょうばん》の悪《わる》い男《おとこ》でね。サッカーのやり方《かた》も汚《きたな》かったし、後輩《こうはい》をこきつかって、仲間《なかま》からも嫌《きら》われてた。それで結局《けっきょく》、チームにいられなくなったらしいんだ。」

「小野塚《おのづか》がファントムX《エックス》ってことか？」

「はっきり確証《かくしょう》はないけど。あいつなら、やりかねないぜ。」

上杉《うえすぎ》クンと若武《わかたけ》、黒木《くろき》クンたちによると、「小野塚《おのづか》」という人《ひと》はとんでもない人物《じんぶつ》のようだった。

そのときドアが開《ひら》いて、小塚《こづか》クンが入《はい》ってきた。

「遅《おく》れてごめん。わかったよ。これ！　この破《やぶ》れている部分《ぶぶん》、ここから唾液《だえき》が検出《けんしゅつ》された。」

ビニール袋《ぶくろ》に入《はい》ったバレンタインのカードを見《み》せてくれながら、小塚《こづか》クンが言《い》った。

「唾液《だえき》？　ツバってことか？」

「もしかしてこの破《やぶ》れたところには、アーヤの名前《なまえ》が書《か》いてあったんじゃない？」

「うん……。」

「手紙《てがみ》のほかの部分《ぶぶん》は毛羽立《けばだ》ってて、いろんな指紋《しもん》がついてた。これは、ボクの想像《そうぞう》なんだけど、カードは人《ひと》の手《て》から人《ひと》の手《て》へ、慌《あわ》ただしく渡《わた》ったんだと思《おも》う。その過程《かてい》で、砂原《すなはら》が嚙《か》み切《き》ったん

じゃないかな……。」

「噛《か》み切《き》った⁉ なんでそんなことを？」

若武《わかたけ》は理由《りゆう》が想像《そうぞう》できないようだった。

「……もしかして、これを駅《えき》に張《は》り出《だ》したのは、ファントムX《エックス》のテストだったんじゃないのか？」

黒木《くろき》クンが、ある仮説《かせつ》をたてた。

「え……？」

「テストをパスするために、砂原《すなはら》はそうせざるを得《え》なかった。でも、なんとかアーヤの名前《なまえ》が出《で》ることだけは、避《さ》けようと噛《か》み切《き》った。」

「おお！ やるな、砂原《すなはら》！」

「なぜ、そこまでして砂原《すなはら》はテストをパスしなきゃならなかったんだ？」

「理由《りゆう》のひとつになるかわからないけど、砂原《すなはら》が今《いま》、世話《せわ》になってる親戚《しんせき》の上原《うえはら》塗《と》装工業《そうこうぎょう》には、かなりの借金《しゃっきん》があるみたいだ。どうも、詐欺《さぎ》にあったらしい。」

黒木《くろき》クンのネットワークから入《はい》る情報《じょうほう》は、ほぼ正確《せいかく》だ。

ちゃんと砂原《すなはら》と話《はな》してみよう。何《なに》か力《ちから》になれることがあるかもしれない。

私《わたし》は、そう思《おも》った。


夕方《ゆうがた》、電話《でんわ》の前《まえ》で私《わたし》はしばらく立《た》っていた。

砂原《すなはら》と直接話《ちょくせつはなし》をしてみたい。でも、なかなか電話《でんわ》する勇気《ゆうき》が出《で》ない。

じっと電話《でんわ》を見《み》つめていたら、突然電話《とつぜんでんわ》が鳴《な》り出《だ》した。

「……はい。」

電話《でんわ》に出《で》ると、

「あ、砂原《すなはら》だけど。」

声《こえ》を聞《き》いて、心臓《しんぞう》が破《やぶ》れそうなくらいドキドキし始《はじ》めた。

「……おまえ、駅《えき》で、見《み》た？」

いつもの砂原《すなはら》らしくない、消《き》え入《い》りそうな声《こえ》で尋《たず》ねてきた。私《わたし》は小《ちい》さなため息《いき》をひとつついたあと、

「……見《み》たよ。」

と答《こた》えた。

「ごめん、オレ、今《いま》、ヤバイことになってんだ。だから、おまえのこと、かばえないんだよ。……
でもさ、オレ、超嬉《ちょううれ》しかったよ。チョコレートと、あのカード。あれっておまえの気持《きも》ちだろ。
……なんか、オレ、今《いま》さ。恥《は》ずかしいくらい、おまえのこと、好《す》き。」

「……！」

ゆっくりと話《はな》し続《つづ》ける砂原《すなはら》の声《こえ》。

「好《す》き。」という言葉《ことば》が、こだまのように私《わたし》の耳《みみ》の奥《おく》で何度《なんど》も何度《なんど》も響《ひび》いている。

受話器《じゅわき》を握《にぎ》りしめたまま赤《あか》くなっている私《わたし》を見《み》ているかのように、砂原《すなはら》はさらに言葉《ことば》を続《つづ》けた。

「おまえと会《あ》えてよかったよ。でも。」

「でも……？」

「今度《こんど》こそ、マジでお別《わか》れだから。――さよなら。」

決意《けつい》が伝《つた》わるような、キッパリとした口調《くちょう》だった。そして電話《でんわ》は一方的《いっぽうてき》に切《き》られた。

――さよなら？　……心《こころ》の整理《せいり》がつかないまま受話器《じゅわき》を置《お》いたとたん、また電話《でんわ》が鳴《な》った。

「もしもし、砂原《すなはら》……？」

「は？　オレ、上杉《うえすぎ》。」

今度《こんど》は上杉《うえすぎ》クンからだった。

「黒木《くろき》から情報《じょうほう》が入《はい》った。不良《ふりょう》グループが、10丁目《ちょうめ》の公園《こうえん》に集《あつ》まるらしい。」

「え⁉　今《いま》、私《わたし》、砂原《すなはら》に、『さよなら。』って言《い》われたの……！　それって、話《はな》してた『デカい仕《し》事《ごと》』？」

「かもな。とにかくオレたちは様子《ようす》を見《み》にいく。危《あぶ》ないから、おまえは待機《たいき》してろ。また連絡《れんらく》する。」

電話《でんわ》が切《き》られた。

――さよなら――。私《わたし》の耳《みみ》に、砂原《すなはら》の声《こえ》がよみがえった。

「砂原《すなはら》……！」私《わたし》は、顔《かお》をあげ、玄関《げんかん》へ向《む》かった。

その4

10丁目《ちょうめ》の公園《こうえん》で、私《わたし》は砂原《すなはら》の姿《すがた》を探《さが》した。

植《う》え込《こ》みの奥《おく》に人影《ひとかげ》が見《み》える……！

私《わたし》は少《すこ》しの間《あいだ》立《た》ち止《ど》まり、息《いき》を整《ととの》えながら、そっと近《ちか》づいていった。

いた！

「砂原《すなはら》……！」

砂原《すなはら》は、「小野塚《おのづか》」と呼《よ》ばれる人物《じんぶつ》とにらみ合《あ》っている。小野塚《おのづか》のうしろには、目《め》つきの悪《わる》い不《ふ》良《りょう》たちが3人《にん》も控《ひか》えている。

――見《み》つかったらマズい。

私《わたし》はとっさに植《う》え込《こ》みの陰《かげ》に隠《かく》れた。

「やっぱりな。」

小野塚《おのづか》の粘《ねば》っこい声《こえ》が漏《も》れてきた。

「裏切《うらぎ》るとしたらおまえだと思《おも》ってたよ、砂原《すなはら》。」

――裏切《うらぎ》る……⁉

砂原《すなはら》は、小野塚《おのづか》を裏切《うらぎ》ろうとしているのだろうか？

砂原《すなはら》の、ハリのある声《こえ》が聞《き》こえてきた。

「小野塚《おのづか》、上原《うえはら》の親父《おやじ》さんから騙《だま》し取《と》った600万円《まんえん》を返《かえ》せ！」

――600万円《まんえん》……！

私《わたし》は、黒木《くろき》クンの報告《ほうこく》を思《おも》い出《だ》していた。

――砂原《すなはら》が今《いま》、世話《せわ》になってる親戚《しんせき》。かなりの借金《しゃっきん》があるみたいだ。どうも詐欺《さぎ》にあったらしい。

そんな話《はなし》だった。

親戚《しんせき》の借金《しゃっきん》と、詐欺事件《さぎじけん》、それに小野塚《おのづか》たちのグループが、関係《かんけい》してるの……？

砂原《すなはら》の真剣《しんけん》な様子《ようす》とは対照的《たいしょうてき》に、小野塚《おのづか》はニヤニヤ笑《わら》いながら、大《おお》きな体《からだ》を前後左右《ぜんごさゆう》にふらふらさせて話《はな》している。

「返《かえ》すの、イヤだと言《い》ったら～？」

まるで、からかうような口調《くちょう》だ。

「おまえの悪事《あくじ》を全部《ぜんぶ》バラす。証拠《しょうこ》は全部《ぜんぶ》、ここに入《はい》ってる！」

砂原《すなはら》は、スマホを掲《かか》げて見《み》せている。小野塚《おのづか》の悪事《あくじ》の証拠《しょうこ》になる写真《しゃしん》や音声《おんせい》は、砂原《すなはら》がスマホに集《あつ》めていたらしい。

そのとき、植《う》え込《こ》みに隠《かく》れていた私《わたし》の横《よこ》に、小塚《こづか》クンがすっと滑《すべ》り込《こ》むようにやってきた。

「アーヤ、来《き》たの？」

「小塚《こづか》クン！」

「みんなも、もうすぐ来る。警察《けいさつ》にも連絡済《れんらくず》みだよ。」

小塚《こづか》クンは小声《こごえ》で大事《だいじ》なポイントだけ伝《つた》えてくれた。

ふたりで、砂原《すなはら》の様子《ようす》を見守《みまも》った。

「いいのか、そんなことして。オレの命令《めいれい》で、おまえもかなりヤバイことやっただろ。」

小野塚《おのづか》が、今度《こんど》は脅《おど》すような口調《くちょう》になった。

「オレを舐《な》めんなよ。オレは初《はじ》めっからおまえ……、ファントムX《エックス》の悪事《あくじ》の証拠《しょうこ》をつかむために近《ちか》づいたんだ。」

砂原《すなはら》から「ファントムX《エックス》」の名前《なまえ》が出《で》て、私《わたし》たちの謎《なぞ》がようやく明《あき》らかになった。

——やっぱり小野塚《おのづか》がファントムX《エックス》だったんだ。

どうやら砂原《すなはら》は、すべてを知《し》っていて、このグループに潜《もぐ》り込《こ》んだようだった。

お世話《せわ》になっている上原家《うえはらけ》のために。600万円《まんえん》を取《と》り戻《もど》すために。

少《すこ》しずつ、真相《しんそう》がわかってきた。

「盗《ぬす》んできたって渡《わた》した金《かね》も、全部《ぜんぶ》オレの金《かね》だ！　オレはヤバイことなんか、なんもやってねぇんだよ！」

砂原《すなはら》が自信《じしん》をもって真実《しんじつ》を話《はな》していることが声《こえ》の強《つよ》さから伝《つた》

わってきた。

「さすがだな、オレが見込《みこ》んだだけのことはある。改《あらた》めて、仲間《なかま》にならないか？」

「ふざけるな！」

「わかったよ。600万円《まんえん》は返《かえ》す。だから、それを寄《よ》こせ。」

そう言《い》いながら、小野塚《おのづか》は砂原《すなはら》に少《すこ》しずつ近《ちか》づいていった。

砂原《すなはら》は、少《すこ》しだけ後《あと》ずさった。

と、そのとき、砂原《すなはら》の背後《はいご》に隠《かく》れていた不良《ふりょう》たちが飛《と》び出《だ》してきて、砂原《すなはら》に飛《と》びかかった！

「！」

私《わたし》は砂原《すなはら》を助《たす》けたくて、飛《と》び出《だ》そうとしたけれど、小塚《こづか》クンにすごい力《ちから》で押《お》さえつけられた。

「みんなが来《く》るまで、待《ま》って！　危《あぶ》ないから！」

砂原《すなはら》は不良《ふりょう》たちに羽交《はが》い締《じ》めにされている。

「くっ！　放《はな》せっ！」

「スマホを取《と》れ！」

小野塚《おのづか》が従《したが》えていた不良《ふりょう》たちも加《くわ》わり、6対《たい》1の状態《じょうたい》で砂原《すなはら》はスマホを奪《うば》われてしまった。

スマホは、不良《ふりょう》たちの間《あいだ》でキャッチボールのように回《まわ》され、最後《さいご》に小野塚《おのづか》の手《て》に渡《わた》った。

「オレに逆《さか》らったらどうなるか、思《おも》い知《し》らせてやるよ。」

そう言《い》い捨《す》てた小野塚《おのづか》は、池《いけ》に向《む》かってスマホを勢《いきお》いよく投《な》げた。

「ああっっ……！」

スマホは大《おお》きく放物線《ほうぶつせん》を描《えが》き、池《いけ》に向《む》かって落下《らっか》し始《はじ》めた。

そのとき、

「いただきっ！」

「若武《わかたけ》！」

池《いけ》の柵《さく》のなかに踏《ふ》み込《こ》んで、若武《わかたけ》が飛《と》び出《だ》し、水面《すいめん》に落《お》ちる直前《ちょくぜん》のスマホをキャッチした。

——よかった……。ナイスキャッチ！

「オレってさ、ゴールキーパーもイケるかもな！」

若武《わかたけ》の自画自賛《じがじさん》も今回《こんかい》はホントにカッコいい！

小野塚《おのづか》は、若武《わかたけ》たちの顔《かお》をじっと見《み》て、

「おまえら……、サッカーチームKZ《カッズ》の……。」

思《おも》い出《だ》したようだった。

「小野塚《おのづか》さん。」

若武《わかたけ》が、やれやれ、とでも言《い》いたそうな様子《ようす》で、小野塚《おのづか》に呼《よ》びかけた。

「いや、ファントムX《エックス》って呼《よ》んだほうがいいんじゃないか。」

黒木《くろき》クンが、からかうように言《い》った。

「相変《あいか》わらず、ロクなことやってませんね。」

ズバリと言《い》ったのは、上杉《うえすぎ》クンだ。

小野塚《おのづか》や不良《ふりょう》たちが、若武《わかたけ》たち3人《にん》にすっかり気《き》をとられている隙《すき》に、砂原《すなはら》が走《はし》り出《だ》した。

走《はし》り去《さ》っていく砂原《すなはら》のうしろ姿《すがた》を見《み》て、小野塚《おのづか》はハッと我《われ》に返《かえ》ったらしく、

「やれ！　スマホを取《と》り上《あ》げろ！」

不良《ふりょう》たちに大声《おおごえ》で指示《しじ》を出《だ》した。

「うおおお！」

黒木《くろき》クン、若武《わかたけ》、上杉《うえすぎ》クンたちと不良《ふりょう》たちとの乱闘《らんとう》になった。

黒木《くろき》クンは、体格《たいかく》のいい不良《ふりょう》たちをゴロン、と地面《じめん》に転《ころ》がし、上杉《うえすぎ》クンも、不良《ふりょう》たちのパンチを、さらり、ひらり、とかわしている。

若武《わかたけ》は不良《ふりょう》のひとりを背負《せお》い投《な》げで投《な》げ飛《と》ばしたあと、砂原《すなはら》を追《お》いかけ、

「砂原《すなはら》！」

と叫《さけ》びながらスマホを投《な》げて渡《わた》した。砂原《すなはら》はスマホをキャッチして、再《ふたた》び走《はし》り出《だ》した。

けれど若武《わかたけ》は不良《ふりょう》たちに追《お》いつかれ、再《ふたた》びやつらに取《と》り囲《かこ》まれてしまった。

「ああ、警察《けいさつ》、遅《おそ》いな……！」

小塚《こづか》クンが、焦《あせ》るように言《い》った。

「警察《けいさつ》……あっ！」

私《わたし》は、若武《わかたけ》の着信音《ちゃくしんおん》を思《おも》い出《だ》した。

「小塚《こづか》クン、若武《わかたけ》の携帯《けいたい》に電話《でんわ》して！」

「え？　なんで？」

「お願《ねが》い！」

「わかった。」

ほんの数秒後《すうびょうご》。公園《こうえん》にパトカーのサイレンの音《おと》が鳴《な》り響《ひび》いた。

「!?」

一瞬《いっしゅん》、不良《ふりょう》たちと小野塚《おのづか》の動《うご》きが止《と》まった。

「着信音《ちゃくしんおん》か、アーヤ、やるね。」

小塚《こづか》クンがクスッと笑《わら》いながら褒《ほ》めてくれた。

不良《ふりょう》たちがひるんだ隙《すき》に、若武《わかたけ》はダッシュでその場《ば》を脱出《だっしゅつ》。

すると今度《こんど》は本物《ほんもの》のパトカーのサイレン音《おん》が公園《こうえん》に近《ちか》づいてきた。

「！」

警察官《けいさつかん》たちは、小野塚《おのづか》や不良《ふりょう》たちを職務質問《しょくむしつもん》すると次々《つぎつぎ》にパトカーに乗《の》せていった。

警察《けいさつ》の登場《とうじょう》で、乱闘騒《らんとうさわ》ぎはあっけなくおさまり、あたりは再《ふたた》び静《しず》かな空間《くうかん》になっていた。

私《わたし》はホッとして放心状態《ほうしんじょうたい》。

すると私《わたし》たち5人《にん》の前《まえ》に、スマホを持《も》って走《はし》り去《さ》った砂原《すなはら》が戻《もど》ってきた。

「この証拠《しょうこ》、警察《けいさつ》に持《も》っていくよ。」砂原《すなはら》はスマホを高々《たかだか》と掲《かか》げた。

砂原《すなはら》と目《め》が合《あ》う。私《わたし》は砂原《すなはら》がとっても心配《しんぱい》だったんだけど、砂原《すなはら》はそんな私《わたし》の顔《かお》を見《み》てニコッと笑《わら》ってくれた。そしてゆっくり背《せ》を向《む》けると、パトカーの赤《あか》いランプに向《む》かって歩《ある》き出《だ》した。

ファントムX《エックス》を名乗《なの》っていた小野塚《おのづか》と、不良《ふりょう》たちは逮捕《たいほ》された。

なんと彼《かれ》らは銀行強盗《ぎんこうごうとう》を計画《けいかく》していたらしく、その犯罪《はんざい》も未然《みぜん》に防《ふせ》ぐことができた。

砂原《すなはら》は事情《じじょう》を聞《き》かれたけれど、犯罪《はんざい》には何《なに》も関《かか》わっていないことがわかって、罪《つみ》には問《と》われなかった。

「あーあ、結局《けっきょく》また、探偵《たんてい》チームKZ《カッズ》が目立《めだ》てなかった……！」

塾《じゅく》のカフェテリアで集《あつ》まっているとき、若武《わかたけ》が心底残念《しんそこざんねん》そうにつぶやいた。

「犯罪《はんざい》を防《ふせ》いだんだから、それでいいだろ。」

「オレたちが、この町《まち》を守《まも》ったんだ。」

上杉《うえすぎ》クンや黒木《くろき》クンが苦笑《くしょう》まじりになぐさめた。

「友《とも》だちのピンチも救《すく》ったしね。」

小塚《こづか》クンがニコッと笑《わら》いながら付《つ》け加《くわ》えた。

「友《とも》だち……？　そうだな。」

若武《わかたけ》もニヤッと笑《わら》った。

——今度《こんど》、探偵《たんてい》チームKZ《カッズ》の集《あつ》まりに、砂原《すなはら》も呼《よ》ぼう。

私《わたし》は決心《けっしん》していた。私《わたし》たち、きっといいチームになれる……！


その夜《よる》。砂原《すなはら》から電話《でんわ》をもらった。

「オレ、砂原《すなはら》だけど。」

「うん……。」

「今夜《こんや》は星《ほし》がきれいだぜ。そこから見《み》えるか？」

「待《ま》ってて。」

私《わたし》は2階《かい》の自分《じぶん》の部屋《へや》に戻《もど》り、ベランダから夜空《よぞら》を見上《みあ》げた。

「見《み》えたよ。きれいだね。」

離《はな》れた場所《ばしょ》にいるのに、同《おな》じものを見《み》ている。私《わたし》は砂原《すなはら》がすぐそばにいるように思《おも》えた。

「立花《たちばな》……オレ、おまえのこと傷《きず》つけて、すげえ自己嫌悪《じこけんお》。胸《むね》、痛《いた》くてたまんねぇよ。」

砂原《すなはら》は、そのことが言《い》いたくて電話《でんわ》してくれたみたいだった。

「……もういいよ、砂原《すなはら》。ね、今度《こんど》、探偵《たんてい》チームKZ《カッズ》の集《あつ》まりに来《こ》ない？　みんなも喜《よろこ》ぶから。」

私《わたし》は砂原《すなはら》をようやくKZ《カッズ》に誘《さそ》えた。

——しかし、砂原《すなはら》はこの町《まち》を再《ふたた》び出《で》ていくのだという。

「……また、会《あ》えるよね？」

砂原《すなはら》は、自分《じぶん》でもわからないのか、私《わたし》の問《と》いかけに答《こた》えてくれなかった。

私《わたし》はちょっと泣《な》きそうになりながら、繰《く》り返《かえ》した。

「会《あ》えるよね！」

「……ああ、いつか、必《かなら》ず。」


数日後《すうじつご》、私《わたし》たちは若武《わかたけ》の家《いえ》でバレンタイン・パーティーをした。

「なぁなぁ、このケーキもチョコ1個《こ》ってカウントしていいよなぁ！」

若武《わかたけ》がチョコレートケーキに生《なま》クリームの飾《かざ》り付《つ》けをしながら、みんなに確認《かくにん》するように言《い》った。

「塾《じゅく》の女《おんな》の子《こ》たちから、たくさんもらっただろ。」

黒木《くろき》クンが小《ちい》さな子《こ》を諭《さと》すように言《い》ったけど、

「1個《こ》でも多《おお》いほうがいいんだ！」

若武《わかたけ》はあくまで個数《こすう》にこだわっているようだった。

「ボクは好《す》きな女《おんな》の子《こ》から、ひとつもらえればいいけどな。」

小塚《こづか》クンが穏《おだ》やかな口調《くちょう》で言《い》った。

「若武《わかたけ》も、小塚《こづか》を見習《みなら》え。」

上杉《うえすぎ》クンが若武《わかたけ》の脇腹《わきばら》をつついた。

ギャッと若武《わかたけ》が叫《さけ》び、みんなが笑《わら》った。

チョコの甘《あま》い香《かお》りに包《つつ》まれた、幸《しあわ》せな空間《くうかん》。

——学校《がっこう》でも塾《じゅく》でも友《とも》だちがいなくてひとりぼっちだった私《わたし》が、みんなと出会《であ》って、こんなにすてきな居場所《いばしょ》ができた。

そう思《おも》ったら、私《わたし》の頰《ほお》を涙《なみだ》がつたって流《なが》れた。

「アーヤ？」

「どうした？」

「どしたの？　アーヤ？」

「アーヤ？」

みんなが心配《しんぱい》して、私《わたし》の顔《かお》をのぞきこむ。

——うれしいの。うれし涙《なみだ》だよ。

私《わたし》は説明《せつめい》するかわりに涙《なみだ》を拭《ふ》いて、ケーキをパクッと食《た》べた。

「おいしいね……！」

顔《かお》をあげて、みんなに笑《わら》いかけた。

原作者

藤本《ふじもと》ひとみ

▶長野県生まれ。西洋史への深い造詣と綿密な取材に基づく歴史小説で脚光をあびる。フランス政府観光局親善大使。著作に、『新・三銃士 ダルタニャンとミラディ〈少年編〉〈青年編〉』『皇妃エリザベート』『シャネル』『アンジェリク　緋色の旗』『ハプスブルクの宝剣』『王妃マリー・アントワネット　華やかな悲劇のすべて』『幕末銃姫伝 京の風　会津の花』『維新銃姫伝 会津の桜　京の紅葉』など多数。青い鳥文庫ではKZシリーズのほかに、「歴史発見！ ドラマシリーズ」として、『美少女戦士 ジャンヌ・ダルク物語』『新島八重物語―幕末・維新の銃姫―』を刊行。また、新装版『三銃士』もてがけている。

住滝《すみたき》 良《りょう》

▶千葉県生まれ。大学では心理学を専攻。ゲームとまんがを愛する東京都在住の小説家。性格はポジティブで楽天的。趣味は、日本中の神社や寺の「御朱印集め」。

脚本家

山田《やまだ》由香《ゆか》

▶シナリオライター。立教大学卒業。4年間の百貨店勤務を経て脚本家となる。アニメ脚本の仕事に「戦国無双SP～真田の章～」(2014年)、「妖怪ウォッチ」(2014年)、「アオハライド」(2014年)などがある。

ふでやすかずゆき

▶シナリオライター。アニメを中心に活躍。脚本だけでなく、作品全体のシリーズ構成も手がける。おもな作品に「キャプテン翼」「炎の蜃気楼」「はじめの一歩」「探偵オペラ　ミルキィホームズ」などがある。

市川《いちかわ》量也《かずや》

▶TVアニメ「探偵チームKZ事件ノート」監督。TVアニメの他、CM、PV、ゲームのアニメーション監督や演出で活躍。おもな仕事に「ぐでたま」「モンストアニメ」などがある。今回は脚本も手がけた。

文

田浦《たうら》智美《ともみ》

▶フリーライター、WEBクリエイター。早稲田大学卒業後、新潮社入社。週刊誌の編集者として勤務後、独立。雑誌や単行本の編集・原稿制作のほか、ホテルや工務店など企業のWEBサイトの制作を行っている。厚生労働省所轄の職業訓練校講師。中小企業庁専門家派遣事業登録専門家、上級ウェブ解析士、キャリアコンサルタント。

協力

アイムエンタープライズ
アクセルワン
81プロデュース
マウスプロモーション
VIMS
HALF H・P STUDIO
Sony Music Entertainment

アニメーション制作＝
シグナル・エムディ

キャラクター原案＝駒形

ブックデザイン=Malpu Design
(清水良洋・佐野佳子)

編集＝高橋佳乃子

本書はアニメ「探偵チームKZ事件ノート」(2015年10月スタート/NHK Eテレ)をもとにノベライズしたものです。

探偵《たんてい》チーム KZ《カッズ》 事件《じけん》ノート
アニメ全《ぜん》4作《さく》16話《わ》 完全《かんぜん》ノベライズ版《ばん》

原作=藤本《ふじもと》ひとみ・住滝《すみたき》 良《りょう》
脚本=山田《やまだ》由香《ゆか》・ふでやすかずゆき・市川《いちかわ》量也《かずや》
文 =田浦《たうら》智美《ともみ》

2016年2月15日 第1刷発行

発行者 清水保雅
発行所 株式会社講談社
東京都文京区音羽2－12－21 〒112－8001
電話 **編集** 03－5395－3536
販売 03－5395－3625
業務 03－5395－3615

印刷所 図書印刷株式会社
製本所 図書印刷株式会社
本文データ制作 講談社デジタル製作部

Printed in Japan

ISBN978-4-06-219955-1 N.D.C.913 174p 18cm

JASRAC 出 1600771-601